August Kluckhohn

Über Lorenz von Westenrieders

Leben und Schriften

August Kluckhohn

Über Lorenz von Westenrieders
Leben und Schriften

ISBN/EAN: 9783743375079

Hergestellt in Europa, USA, Kanada, Australien, Japan

Cover: Foto ©Raphael Reischuk / pixelio.de

Manufactured and distributed by brebook publishing software (www.brebook.com)

August Kluckhohn

Über Lorenz von Westenrieders

BAYERISCHE BIBLIOTHEK

Begründet und herausgegeben von

KARL VON REINHARDSTOETTNER & KARL TRAUTMANN

12. BAND.

ÜBER
LORENZ VON WESTENRIEDERS
LEBEN UND SCHRIFTEN

Von

AUGUST KLUCKHOHN.

ZEICHNUNGEN

von

OTTO E. LAU.

BAMBERG

Buchnersche Verlagsbuchhandlung

1890

DRUCK
VON KARL WALLAU IN MAINZ.

ZINKÄTZUNGEN
VON OSKAR CONSÉE IN MÜNCHEN.

HADERNPAPIER
AUS DER FABRIK VON HOFFMANN & ENGELMANN IN
NEUSTADT A. D. HAARDT.

VORWORT.

DAS Unternehmen der »Bayerischen Bibliothek« hat mir Veranlassung gegeben, auf der Grundlage von Studien, die in frühere Jahre zurückreichen, ein Bild von dem Leben und Wirken eines Mannes zu entwerfen, welcher nach oder neben Aventin als der grösste Geschichtschreiber Bayerns verehrt wird, aber mehr noch, als durch seine historischen Werke, durch mancherlei andere volkstümliche Schriften auf seine Zeitgenossen eingewirkt hat. J. M. Schöberl hat Westenrieder nicht mit Unrecht als den »Volkslehrer seines Vaterlandes« bezeichnet, F. Roth aber von seinen Schriften gesagt, dass Bayern an ihnen einen Schatz besitzt, »wie kaum ein anderes deutsches Land einen aufzuweisen hat, ganz dem Lande angehörig, aus der Zeit und an sie, aber nicht darauf eingeschränkt, sondern geltend auf eine lange Zukunft, voll Lehre, Warnung, Rat, Aufmunterung, Befestigung, Erhebung.« Ich habe versucht, dem Leser einen Einblick in die so bedeutungsvolle, heute nur noch wenig gekannte litterarische Thätigkeit Westenrieders zu eröffnen und zugleich seinen Lebensgang, wie die Entwickelung seiner Charaktereigentümlichkeiten, im Zusammenhang mit den darauf einwirkenden historischen Ereignissen und vaterländischen Zuständen zu skizzieren.

Westenrieders Leben, das einen Zeitraum von achtzig Jahren umspannt, fällt zusammen mit der Epoche der bedeutendsten Wandlungen, die das Dasein des bayerischen Volkes in politischer, kirchlicher und sozialer Beziehung erfahren hat. Über seine Jugend verbreitet sich noch der Glanz, der von den hoffnungsreichen Reformen des Kurfürsten Max Joseph III. ausgeht. In seinem Mannesalter wurde er Zeuge der schweren Prüfungen, die durch Karl Theodor über Bayern kamen. Mit sechzig Jahren begrüsste Westenrieder den Regierungsantritt des unvergesslichen Fürsten, welcher berufen war, das gänzlich zerrüttete, in seiner Existenz gefährdete altbayerische Staatswesen in der Epoche der napoleonischen Kriege auf neuen Grundlagen aufzubauen und aus dem gealterten Kurfürstentum das moderne Königreich Bayern zu bilden. An seinem späten Lebensabend endlich hat unser Geschichtschreiber nach Max Josephs Tode noch die Anfänge der Regierung des Königs Ludwig I. gesehen.

Und diese unabsehbare Reihe von Ereignissen, von äusseren Veränderungen und inneren Wandlungen des Staatslebens hat Westenrieder nicht etwa bloss als ein in seinen Studien vergrabener Gelehrter mit kühler Teilnahme begleitet, sondern er hat auch in den Jahren, wo er nicht durch ein Amt öffentlich zu wirken berufen war, nicht aufgehört, ratend, mahnend oder strafend seine Stimme zu erheben. In der Jugend voll kühner Reformgedanken, als gereifter Mann gemässigt gesinnt und nur

gegen die Ausschreitungen einer verblendeten Reaktion
noch entschlossen ankämpfend, steht er als Greis der
Montgelasschen Regierung ablehnend gegenüber, indem
er in der Revolution, die jetzt vom Throne ausgeht, nur
Irrtum und Thorheit sieht und dem 19. Jahrhundert ohne
die Rückkehr zum Alten Verderben weissagt.

Wenn ich auch ein so inhaltreiches, auf dem breitesten Hintergrunde sich entfaltendes Leben nicht einmal in den charakteristischen Momenten eingehender darzustellen versuchen durfte, so werden doch vielleicht schon diese Umrisse dazu dienen können, für den nur in seiner Heimat populär gewordenen und heute selbst dort nur noch von wenigen gelesenen, edel angelegten und reich begabten Schriftsteller einige Teilnahme in weiteren Kreisen zu erwecken.

Göttingen im November 1889.

A. Kluckhohn.

II.

München im Jahre 1761

ERSTES KAPITEL.

Westenrieders Jugend, seine Lehrthätigkeit und seine ersten Schriften.

ER Mann, von dessen Leben und Wirken die nachfolgenden Blätter erzählen, ist aus der Mitte des Volkes, als dessen Lehrer und Geschichtschreiber er sich einen ruhmvollen Namen erwerben sollte, hervorgegangen, und zwar zu einer Zeit, als noch der bayerische Stamm, nicht mit anderen Volksteilen staatlich verbunden, in alter Sonderstellung seine scharf ausgeprägte Eigenart bewahrte. Auch München, wo Westenrieders Wiege stand, wo er zum Jüngling heranwuchs und als Mann zu wirken berufen war, hatte noch wenig oder nichts von seinem modernen Charakter. Noch war die Stadt klein, von festen Mauern eingeengt und weder ihr Inneres noch die nächste Umgebung schön zu nennen; dazu kam, dass die Kirchen und Klöster an Zahl und Grösse die öffentlichen Gebäude profanen Charakters weit überragten, sodass die Haupt- und Residenzstadt des weltlichen Fürstentums ein vorwiegend geistliches Gepräge zeigte.

Lorenz Westenrieder wurde am 1. August 1748 geboren und zwar in einem Hause hinter den Mauern am

Rädelsteg. Seine Eltern waren schlichte Bürgersleute aus
der Zunft der Kornkäufler. Ihnen bereitete die Pflege des
schwächlichen Kindes, das anfangs kaum lebensfähig zu
sein schien, viele Sorgen; indes gedieh der Knabe doch soweit, dass er, wenn auch immer noch von zarter Gesundheit, mit seinem ältern Bruder Michael die Schule der
St. Peterspfarrei besuchen konnte. Da traf ihn das Unglück, dass er schon mit neun Jahren den Vater und
wenige Jahre später auch die Mutter, die sich inzwischen
wieder verheiratet hatte, durch den Tod verlor. Obwohl
der Stiefvater, Schlichtinger mit Namen, sich seiner
weiteren Erziehung nach Kräften annahm, so wird der
junge Westenrieder doch den Verlust seiner Eltern
schmerzlich genug empfunden haben. Erst in reiferem
Alter lernte er die Entbehrungen und Prüfungen seiner
Jugend so sehr als segenbringend anerkennen, dass der
Denkspruch, dessen er sich für Stammbuchblätter am
liebsten bediente, lautete: »Wohl dem, der in früher
Jugend gelernt hat, vieles Gute, das vom Glück abhängt,
zu entbehren, vieles Übel zu ertragen und das Herz
gegen den Himmel zu erheben.«

Von dem Stiefvater zum geistlichen Stande bestimmt,
trat Westenrieder im zehnten Lebensjahre in das
Gymnasium der Jesuiten ein. Der Orden, welcher seit
zwei Jahrhunderten im alleinigen Besitz der gelehrten
Schulen Bayerns war, liess Arme und Reiche, Begabte
wie Unbegabte an dem unentgeltlichen Unterricht teilnehmen. So fehlte es nicht an zahlreichen Gymnasiasten,
die von Almosen oder vom Bettel lebten und Gewohnheiten der Strasse in die Schule übertrugen.

Es war also nicht die Blüte der bürgerlichen Jugend,
unter der sich Westenrieder auf dem Gymnasium
befand. Umsomehr kann es überraschen, dass er sich
unter seinen zahlreichen Mitschülern nicht auszeichnete
und weder in den niederen noch in den mittleren Klassen
Fortschritte machte, die den sehr mässigen Anforderungen
der Magister genügten. Es wird als eine Merkwürdigkeit
berichtet, dass er während seiner ganzen Gymnasialzeit

nur einmal einen Preis davongetragen, ja dass er in der griechischen Sprache, der Religionslehre und der Geschichte durchgehends durchgefallen sei. Indes wird jeder, welcher die Zustände der damaligen Jesuitengymnasien genauer kennt, aus den angegebenen Thatsachen nicht ohne weiteres schliessen, dass Westenrieder in jungen Jahren an Eifer und Befähigung hinter denen zurückgestanden sein müsse, die zahlreiche Preise davontrugen. Man könnte vielmehr aus dem Umstande, dass er gerade in denjenigen Fächern, in denen der Unterricht teils überaus oberflächlich, teils unerhört mechanisch war, hinter andern zurückstand, den Schluss zu ziehen geneigt sein, dass der bessere Kopf hier am wenigsten Befriedigung gefunden. Westenrieder selbst hat im Alter einen Aufsatz über das »unzeitige Beurteilen junger Köpfe« geschrieben, worin sich unter andern die Worte finden: »Je schlechter ein Schulplan und eine Schulverfassung ist, so weniger taugt sie für einen guten Kopf«. Anderseits belegt er aber auch den Satz »Einige der grössten Köpfe waren in frühen Jahren kränklicht, schwächlich, verdrossen, langsam und zu Dingen, bei welchen andere hurtig und munter voraussprangen, ungeschickt und beinahe tölpelhaft« mit verschiedenen Beispielen, und es ist nicht unwahrscheinlich, dass er im Stillen auch an sich selbst gedacht hat. Gewiss ist, dass Westenrieder im Alter von sechzehn Jahren das Gymnasium verlassen wollte, um gleich seinem Bruder in den Kapuzinerorden einzutreten, aber wegen seiner schwächlichen Gesundheit abgewiesen wurde.

Er entschloss sich, seine gelehrten Studien fortzusetzen und absolvierte den dreijährigen philosophischen Kurs, womit der Gymnasialunterricht abschloss. Dann widmete er sich dem Studium der Theologie, zwei Jahre an einer theologischen Lehranstalt in München und drei weitere in dem fürstbischöflichen Klerikalseminar zu Freising, hier wie dort einer der ersten unter seinen Genossen. In Freising bekleidete er auch die Stelle eines öffentlichen Repetitors und empfing mit zwanzig

Jahren die niederen Weihen und im nächsten Jahre unter Altersdispens auch schon die Priesterweihe. Wenige Tage darauf, am 6. Oktober 1771, feierte der junge Geistliche in der Frauenkirche zu München sein erstes Messopfer.

Noch in demselben Jahre erhielt W e s t e n r i e d e r die Erlaubnis, in der Seelsorge an der Liebfrauenkirche auszuhelfen. Da aber dadurch seine Zeit nur wenig in Anspruch genommen wurde, übernahm er gleichzeitig die Stelle eines Hauslehrers bei einem höheren Beamten, behielt aber auch hierbei noch Musse genug übrig, um sich fortzubilden und sich zu seinen ersten schriftstellerischen Versuchen zu rüsten.

In der Schule der Jesuiten hatte W e s t e n r i e d e r nicht viel mehr als die lateinische Sprache gelernt. Das Griechische, welches ihm in seinem späteren Leben übrigens selbst für den Historiker entbehrlich schien, ist ihm nie vertraut geworden. Noch weniger hatten ihm seine Lehrer in der deutschen Sprache und Litteratur, der die Gesellschaft Jesu fremd, ja feindlich gegenüberstand, bieten können und wollen; wohl aber war die geistige Strömung, die den Jesuiten zum Trotz damals in Bayern zum Durchbruch zu kommen anfing, durchaus geeignet, jugendliche Gemüter in ihre Bahn zu ziehen.

Schon seit dem Anfang des Jahrhunderts hatten die Wissenschaften in Deutschland, anfangs in Anlehnung an das Ausland, dann selbständig und nach den höchsten Zielen fortschreitend, einen ausserordentlichen Aufschwung genommen. »Forschung in der Natur und Forschung in der Geschichte« fingen an, die Macht der Tradition zu brechen. Die Geschichte der Litteratur, der Kunst, der Erziehung, der allgemeinen menschlichen Kultur treten unter der Führung der Philosophie, neben Mathematik und Naturwissenschaften als neue Gegenstände in den Kreis des Wissens; gegenüber dem Vorurteil, dem Aberglauben, dem Fanatismus wird ein klares und unbefangenes Denken in seine Rechte eingesetzt. Vor allem diente C h r i s t i a n W o l f s philosophisches System dazu, der sogenannten Aufklärung in den weitesten Kreisen Bahn zu brechen. Der Scholastizismus wurde aus der Herrschaft, die er bis dahin an den Universitäten geübt, verdrängt, und auch die katholischen Hochschulen konnten sich dem Lichte, das alle Zweige litterarischer und geistiger Thätigkeit zu erhellen begann, nicht länger verschliessen.

Auf heftigen Widerstand musste die neue Richtung in Bayern stossen, wo die Jesuiten seit zwei Jahrhunderten die Alleinherrschaft in Wissenschaft und Unterricht behaupteten und jede ihrem System feindliche Regung durch Absperrung gegen das protestantische Deutschland zu bannen vermochten. Aber seit der Mitte des achtzehnten Jahrhunderts fingen die Mauern, die sie aufgerichtet, zu wanken an, und alle Anstrengungen, die sie im Verein mit zahlreichen Verbündeten machten, reichten nicht länger mehr hin, den andringenden Strom des neuen Geisteslebens abzuwehren.

Dem Kurfürsten Max Joseph III. gebührt der Ruhm, seinem Volke durch besonnene Reformen die erste Möglichkeit gewährt zu haben, dass es sich wieder die volle Gemeinschaft mit den vorgeschritteneren Teilen Deutschlands in Wissenschaft, Litteratur und Kunst, in Volksbildung und Gesittung erkämpfte. Der Staatsmann und Gelehrte aber, welcher ihm vor andern dabei als Führer und Helfer diente und als der erste den offenen Kampf für die Aufklärung in Bayern eröffnete, war der Freiherr von Ickstadt, einst Lehrer und Rat des Kurfürsten, dann Professor und Direktor der Universität Ingolstadt. In dieser Stellung hat Ickstadt mit Mut und Ausdauer für die Befreiung der Wissenschaft von klerikaler Bevormundung gestritten und in der studierenden Jugend die schlummernden Geister geweckt.

Seine Schüler waren jene Lori und Linbrunn, welche sich im Jahre 1758 in der Hauptstadt des Landes mit einigen Gleichgesinnten zur Stiftung einer gelehrten Gesellschaft vereinigten, die sich die Ausbreitung der Wissenschaften zur Aufgabe setzte. Es ist bezeichnend für die Gesinnungen, wie für die Lage, in der jene wackeren Männer zu der zukunftsreichen Gründung zusammentraten, dass L o r i von »fünf Wagehälsen« spricht, »welche sich nach Art der ersten Schweizer für die Freiheit der Wissenschaft verschworen haben.« Aber der anfangs geheim gehaltene junge Verein fand so vielen Zuspruch und so einflussreiche Gönner, dass im nächsten Jahre unter des Kurfürsten Schutze und ausgerüstet mit allen nötigen Freiheiten und Rechten die Akademie der Wissenschaften ins Leben trat und zwar mit einer historischen und einer philosophischen Klasse, welche letztere auch die heutige mathematisch-physikalische umfasste.

Wenn aber heute die Akademie ihre Aufgabe in solchen Arbeiten sieht, welche die Wissenschaften durch neue Forschungen und Entdeckungen bereichern, so verfolgte dieselbe in den ersten Dezennien daneben noch ein anderes Ziel: die Popularisierung der Wissenschaften und die Verbreitung nützlicher Kenntnisse zum Zwecke der Förderung der Volksbildung. Dabei nahm die Reinigung der deutschen Sprache und die Entwickelung des Geschmackes an den bessern Erzeugnissen der neu aufblühenden deutschen Litteratur nicht die letzte Stelle ein. Deshalb begnügten sich die Akademiker nicht, durch Denkschriften, Preisaufgaben und Festreden gelehrte Fragen der historischen und philosophischen Fächer zu beleuchten, sondern es wurden auch im Interesse weiterer Kreise gemeinnützige Arbeiten veröffentlicht und regelmässige Vorträge aus dem Gebiete der Naturlehre und ganz besonders der deutschen Sprache veranstaltet. Es war ein Ereignis, dass auf Betreiben des hochangesehenen O s t e r w a l d, welcher in einer öffentlichen Rede laut beklagte, die deutsche Sprache werde »zu unserer Schande so sehr vernachlässigt, dass andere deutsche Völker unsere deutschen Schriftsteller kaum verstehen,« der Benediktiner H e i n r i c h B r a u n als akademischer Lehrer der deutschen Sprach-, Dicht- und Redekunst angestellt wurde. Er entwickelte in dieser Stellung eine überaus fruchtbare Thätigkeit als Lehrer, wie als Schriftsteller. Während er eine »deutsche

Sprachkunst« zum Gebrauch in öffentlichen Schulen, eine Anleitung zur deutschen Dicht- und Versekunst, eine andere zur Redekunst, dann ein orthographisches Wörterbuch und endlich eine umfassende Mustersammlung für Prosa und Poesie veröffentlichte, hielt er wöchentlich zwei Vorlesungen, die, wie W e s t e n r i e d e r, offenbar aus eigener Kenntnis, bezeugt, von allen Klassen der Bewohner Münchens, besonders von jungen Männern besucht und »unleugbar von dem ausgebreitetsten Nutzen waren.«

Es ist hier nicht der Ort darzulegen, in wie vielen anderen Richtungen die junge Akademie das geistige Leben in Bayern geweckt hat, wie ihre Mitglieder in Wort und Schrift gegen Aberglauben und Mönchswahn stritten, wie sie z. B. den allgemein herrschenden Hexen- und Zauberglauben zum Entsetzen von Tausenden bekämpften. Sie scheuten dabei den Zorn der Gegner, welche sich aus jahrhundertelanger Herrschaft verdrängt sahen, nicht. Sie wurden »Freigeister« und »Ketzer« gescholten und Hoch und Niedrig gegen sie aufgewiegelt, aber sie behaupteten unter dem Schutze des verständigen Kurfürsten das Feld. O s t e r w a l d, der Direktor des geistlichen Rats, hatte die Kühnheit, in öffentlicher Rede von Leuten zu sprechen, »die von Neid, Hochmut und Eigensinn besessen waren; die alles über und neben sich verachteten; die mit aller ihrer groben Unwissenheit dennoch die alleinigen Richter der Erde sein wollten; die ihre Hoheit und Grösse nur nach andrer Erniedrigung abzumessen und ihre Weisheit auf die Dummheit und Unwissenheit andrer zu gründen trachteten; die immerzu in nagenden Sorgen stunden, es möchte ihr Ansehen bei Aufklärung des Verstandes anderer Leute fallen, und das unsinnige Blendwerk, womit sie die Einfältigen gefesselt hielten, auf einmal verschwinden.«

Andere Akademiker, ebenfalls Männer von hohem Rang, beleuchteten den verderblichen Einfluss, den das hierarchische System und der herrschende Mönchgeist auf die volkswirtschaftlichen wie sittlichen Zustände übten;

sie befürworteten eine Beschränkung des überwuchernden Klosterwesens, der Feiertage, des kirchlichen Bettels, oder sie wiesen als auf das einzig gründliche Heilmittel gegen Bettel-, Vagabunden- und Verbrechertum auf die Notwendigkeit einer besseren Erziehung der Jugend vermittelst eines wohlgeordneten Schulwesens hin.

Man wird nicht irren, wenn man einen grossen Teil der Reformen, welche die Regierung des Kurfürsten Max Joseph so denkwürdig macht, in ihrem ersten Ursprung auf die akademischen Kreise zurückführt. Das gilt vor allem von der Verbesserung des Unterrichtswesen. Von Heinrich Braun ist bekannt, dass er es vor allem war, welcher das Volksschulwesen der bisherigen Vernachlässigung entriss, und als endlich im Jahre 1773 Papst Klemens XIV. die Aufhebung des Jesuitenordens aussprach, bot sich auch die erwünschte Gelegenheit zu der längst als notwendig erkannten Reform der Gymnasien. Das sehr bedeutende Vermögen der Gesellschaft, von der Regierung ganz für Bildungszwecke bestimmt, bot die Mittel für einen systematischen Neubau des gesamten Unterrichtswesens. Der greise Ickstadt vor allem ging dabei von den höchsten Gesichtspunkten aus; grosse Pläne wurden entworfen, Gutachten über Gutachten wurden eingeholt, bis im Jahre 1778 glücklich eine Schulordnung zustande kam, von der man sich das beste versprechen konnte, wenn es gelang, trotz des Mangels an guten Lehrern, trotz des Widerstandes vonseiten vieler Kleriker und trotz der Vorurteile und Gleichgiltigkeit des Volkes sie durchzuführen.

Vergegenwärtigt man sich das alles, was hier nur kurz angedeutet werden konnte, so begreift man, wie mächtig die Anregungen waren, die auf Westenrieder in den Jünglings- und ersten Mannesjahren von allen Seiten eindrangen. Er war in München Zeuge der heissen Kämpfe, welche die Akademiker mit ihren Widersachern ausfochten; er stand im täglichen Verkehr mit Freunden, die gleich ihm begeistert zu den kühnen Wortführern der neuen Richtung aufschauten; er wurde endlich, und das war vielleicht das bedeutungsvollste, mit der Fülle der Bildungsmittel bekannt, welche neben den Alten die neu aufblühende Litteratur darbot, nicht allein im Reiche des Schönen, sondern auf allen Gebieten, über welche die Schriftsteller der Aufklärung und der Humanität sich verbreiteten. Über Unterricht und Volkserziehung, über Religion und Philosophie, über staatswirtschaftliche und sittliche Fragen erschloss sich ihm eine neue Welt der Gedanken. Nichts aber ergriff ihn lebhafter als das Verlangen, mit einzutreten in den Kampf für die Hebung und Veredlung der Jugend und des ganzen Volkes, sowohl aus Enthusiasmus für das Gute, als auch aus begeisterter Liebe zu dem Vaterlande, dessen Blühen und Gedeihen, dessen Ehre und Ruhm ihm über alles gingen. Denn während Westenrieders empfänglicher Geist sich mit den edelsten Bestrebungen des Zeitalters durchdringt, erfüllt er sich zugleich mit einer, man möchte sagen, leidenschaftlichen Vaterlandsliebe. Er wurde einer der feurigsten Patrioten, die Bayern je gesehen.

Als nach der Aufhebung des Jesuitenordens der Staat die Gymnasien unter seine Leitung nahm und, soweit als möglich, mit neuen Lehrkräften besetzte, galt Westenrieder im Kreise der massgebenden Persönlichkeiten schon soweit als Kenner der schönen Litteratur, dass ihm gegen eine jährliche Besoldung von 500 Gulden die Professur der Dichtkunst zu Landshut übertragen wurde. Von dort, wo es ihm an allen Anregungen fehlte, ward er aber schon im nächsten Jahre auf seinen Wunsch nach München versetzt, anfangs an die neu gegründete Realschule, dann an das Gymnasium. Aber während er sich als Lehrer, wie vielfach bezeugt ist, die Achtung und Liebe seiner Schüler in hohem Grade erwarb, betrat er zugleich mit wechselndem Erfolg die Schriftstellerlaufbahn.

Mit dem Wunsche, sich litterarisch hervorzuthun, hatte er sich schon früher getragen. Einmal dachte er an nichts Geringeres, als eine Übersetzung der Kirchengeschichte des freisinnigen Fleury herauszugeben, dann wollte er Übersetzungen aus Terenz veröffentlichen; beides wurde ihm von einem geistreichen Freunde, dem als Satiriker bekannten Anton Bucher, widerraten: das Erstere mit Rücksicht auf die Grösse des Unternehmens und das Bedenkliche einzelner Stellen bei Fleury, das Letztere, weil ein »Schwarzrock«, wie er fürchte, mit Terenz' Werken nicht wohl durchkommen werde. Er möge vielmehr, da er das Theater sowohl aus den Alten, als aus den Neuern kenne, selbst etwas schreiben, das dem Vaterlande Ehre mache.

Westenrieder verfasste ein Lustspiel »die zween Kandidaten« und am Schlusse des ersten Schuljahres den »König Saul«. Jenem Lustspiel wurde die Ehre zuteil, auf dem Hoftheater aufgeführt zu werden, nachdem die gerade in München anwesende verwitwete Kurfürstin von Sachsen Maria Antonia das Stück eigenhändig abgekürzt hatte.

Auch ein sogenanntes heroisches Drama, »Marc Aurel« betitelt, das Westenrieder 1776 zur Feier der öffentlichen Preisverteilung verfasste, fand eine günstige Aufnahme. Kurfürst Maximilian Joseph, welcher der Vorstellung (auf dem Schulhause zu München) persönlich beiwohnte, wurde dadurch so sehr gerührt, dass er den Verfasser unmittelbar nach der Vorstellung zu sehen verlangte.

Auf Veranlassung des Schuldirektoriums, mit Anton Bucher an der Spitze, übernahm Westenrieder die Anfertigung mehrerer kleiner geographischer Hilfsbücher und auch eines Lehrbuchs religiösen Inhalts, das schon 1774 unter dem Titel »Inbegriff der christ-katholischen Lehre zum Gebrauch der Realschulen in Bayern« erschien.

Es war die Zeit, in welcher zahlreiche katholische Geistliche, selbst Bischöfe, die Kirchenlehre mit der Philosophie und der humanen Bildung in Einklang zu bringen suchten, statt der Dogmatik die Sittenlehre in den Vordergrund stellten und gegenüber kirchlicher Engherzigkeit Menschenliebe und gegenüber gedankenlosem Mitmachen überladener religiöser Übungen die Anbetung Gottes im Geist und in der Wahrheit predigten. Auch Westenrieder wurde in jüngeren Jahren von dieser Strömung ergriffen und gab seiner damaligen Auffassung des Christentums, wenn auch in behutsamer Weise in jenem Leitfaden Ausdruck. Er geriet aber dadurch in den Verdacht einer unkatholischen Gesinnung und wurde vor das Ordinariat in Freising zu disziplinarischer Behandlung geladen.

Aus dem Verhöre, das er in Freising zu bestehen hatte, ist bekannt geworden — Westenrieder selbst hat sich nie darüber geäussert, — dass die geistlichen Richter sogar seine Schreibart als lutherisch gescholten und die Lektüre unkatholischer Schriften, die er zugegestanden, für ein im Sinne des Tridentinum ipso facto mit dem crimen behaftetes Verbrechen angesehen haben. Über die anstössige Schrift wurde das Urteil der Vernichtung ausgesprochen, während der Verfasser im Gefängnis gehalten wurde, bis ihm, schon nach wenigen Tagen, der Kurfürst auf die Vorstellung des Schulkommissärs Kollmann die Freiheit erwirkte. Die harte Behandlung, welche er erfahren, mag ihn eingeschüchtert haben, änderte aber seine Überzeugungen nicht. In anonymen Schriften, die den nächstfolgenden Jahren angehören, hat er bekämpft, was ihm als Missbrauch in der Religion oder dem Kirchenwesen erschien. Der unter dem Namen »Sternveit« veröffentlichte »wesentliche Begriff des praktischen Christentums« ist dem Verfasser dieser Blätter nicht zu Gesicht gekommen, wol aber mehrere satirisch gehaltene Schriften, worin Westenrieder mit Witz und Laune den Aberglauben, die Unwissenheit und geistige Bedürfnislosigkeit der Mönche geisselt, ohne freilich die Satire so geistreich zu handhaben, wie sein Freund Bucher.

Grösseren Erfolg erzielte Westenrieder durch Schulreden und Aufsätze paedagogischen und ästhetischen Inhalts, die er nebst einer »Einleitung in die schönen Wissenschaften« in den Jahren seiner Lehrthätigkeit verfasste. In den Schulreden behandelt er unter anderen die Fragen, warum man in Schulen aus der Lektüre der Klassiker geringen Nutzen ziehe? warum die Früchte der Schulverbesserungen nicht plötzlich sichtbar und allgemein werden? auf welche Hindernisse und Mängel gewöhnlich gute Köpfe stossen? woraus sich der geringe Einfluss der schönen Künste auf die Denkungsart und die Sitten des Volkes erkläre?

Es ist nicht allein eine hohe Begeisterung für die klassische Litteratur, für Wissenschaft und Kunst, die aus diesen Schriften in feurigen Worten zu uns redet, sondern der jugendliche Schulmann erhebt schon hier, von patriotischem Schwung getragen, seine Stimme für geistige und sittliche Erziehung des ganzen Volkes. Durch kräftige Pflege aller Bildungsmittel, welche die hoffnungsvolle Zeit des neu aufblühenden Geisteslebens bietet, soll Bayern zu seinem Heil und seinem Ruhm fortschreiten auf dem Wege der begonnenen Reform. Zu edlem Wirken sollen die hohen Vorbilder des Altertums begeistern, soll das Studium der Klassiker Kraft und Stärke verleihen. Wehe aber über die, welche aus Gleichgiltigkeit, Unwissenheit, Roheit oder Selbstsucht hemmend wirken und diejenigen, die das Volk bessern und bilden wollen, nicht höher achten und ehren, als »den Mann über die Herden«.

Aus der »Einleitung in die schönen Wissenschaften zum Gebrauch seiner Vorlesungen« möge nur eine Stelle hervorgehoben werden. Sie ist ebenso bezeichnend für seine hohe Gesinnung wie für seine überschwengliche und zugleich rauhe Ausdrucksweise. »Die Poesie gewinnt jedermann lieb, wer sie kennt, und der beste Beweis, ob wir sie kennen, schätzen gelernt haben, wird unfehlbar dieser sein, wenn wir dies Jahr dürstender nach Weisheit, begieriger nach nützlichen Kenntnissen, eifriger nach thätigen Arbeiten, wenn wir in jedem Sinn unbiegsamer, in harten Arbeiten unerschrockener, im Umgang geselliger, mitteilender, kurz wenn wir weit besser, menschlicher, als wir heute sind, sein werden. Wenn Sie alle Dichter lesen, alle Denkmäler ewiger Kunststücke gesehen, studiert, gesammelt hätten, und Sie blieben hart gegen Menschen im Elende, geistlos in Ihren Handlungen, und Sie zittern in Gefahren, können niedergebeugt, entwaffnet werden, wie kann ich bezeugen, dass Sie die besten Dichter gelesen, verstanden, fürs Herz gelesen, sich selber zur Natur gelesen haben? O meine Freunde, wie voll bin ich wenigstens von einer Ahnung! Wer weiss (Niederträchtigkeit wär's zu verzweifeln), ob nicht ein Heldengeist unter uns hier zugegen glüht, der bestimmt ist, ganze Regionen licht zu machen und Jahrhunderte zu lehren. Und dieser Geist ein Deutscher, dieser Geist ein Bayer! Mir will die Seele entfliehen.«

Die erwähnten Schriften fanden auch ausserhalb Bayerns eine beifällige Aufnahme. Man rühmte die grosse Belesenheit des Verfassers in guten Schriften, seinen Enthusiasmus für die schönen Wissenschaften und Künste, wie sein pädagogisches Talent; man hatte nur, bei aller Anerkennung für das Feuer seiner Beredsamkeit, an seiner Sprache auszusetzen, dass sie hie und da dunkel und nicht frei von Härten und Inkorrektheiten sei.

Höher aber als alles Rezensentenlob, obwohl er auch dafür nicht unempfänglich war, schlug Westenrieder die Anerkennung an, die ihm durch die Akademie zu teil wurde, als er am 19. Juni 1777 zum Mitglied der philosophischen Klasse ernannt ward. So trat er in nähere Beziehungen zu den Männern, in denen er längst die Vorkämpfer alles Guten und Grossen verehrt hatte. Wie mächtig das Vorbild eines Lori und Osterwald, eines Bucher und Kollmann, eines Steigenberger, Kennedy, Wolter, Zaupser auf ihn eingewirkt, hat er selbst dankbar anerkannt, sowohl in Denkreden, in denen er die Heimgegangenen feierte, als in kurzen Nachrufen und gelegentlich angebrachten Lobsprüchen, die er ihnen widmete. Schon bald nach seiner Aufnahme in den Kreis jener Männer wurde ihm der Auftrag zu teil, eine Gedächtnisrede auf den am 19. Januar 1778 verstorbenen Peter von Osterwald zu halten. Er gab darin der staunenden Bewunderung, die er vor dem hochverdienten, gross angelegten Manne empfand, und nicht minder dem Verlangen, in die Fusstapfen eines solchen zu treten, in kräftigen Worten Ausdruck. »Es drückte sich,« sprach er, »was Osterwald sagte, auf jedes fähige Herz, das von ihm wegging, und man ging stumm und finster mit einem wütenden Eifer nach Grossthaten hinweg«.

Wenn diese auch durch den Druck veröffentlichte Rede nicht das Aufsehen machte, das sie verdiente, — der Verfasser selbst meint, wenn man sie nach hundert Jahren lese, so werde man den Mann anstaunen, den er in die Nachwelt begleiten wollte — so war daran der Umstand schuld, dass in jenen Tagen ganz Bayern voll Trauer über den Tod des edlen Max Joseph und voll Sorge um die Zukunft war. Stand doch, da Österreich angeblich Erbansprüche auf grosse Teile des Landes geltend machte und schon seine Truppen über die Grenzen geschoben hatte, nichts Geringeres, als der Fortbestand des Staates in Frage. Da gab Westenrieder anonym »Briefe bayerischer Denkungsart und Sitten« heraus, um »die peinigende Mutlosigkeit zu zerstreuen« und das »tote Stillschweigen« seiner Landsleute zu brechen. Wohl kommen auch in diesen Briefen die damalige Stimmung des Volks, der Schmerz über den plötzlichen Verlust des geliebten Landesvaters, die ängstlichen Besorgnisse vor dem ungewissen Neuen, sowie die Entschlossenheit, für das Vaterland zu sterben, zu kräftigem Ausdruck; es fehlt dabei auch nicht an treffenden Hinweisen auf die Zustände des Landes, wobei der Verfasser z. B. des furchtbar schrankenlosen, die Sitten und den Charakter des Volks herabwürdigenden Bettels gedenkt; aber in der Form sind diese eilig hingeworfenen Briefe so roh und ungestaltet, dass sie dem heutigen Leser ungeniessbar erscheinen. — Noch gehören der Zeit der öffentlichen Lehrthätigkeit Westenrieders zwei kleine Schulschriften an, die in das Jahr 1778 fallen: eine Rede über die Ursachen »warum es so wenig Schriften für das Herz gebe« und eine Übersetzung der Rede des C. Marius an das römische Volk. — In dem folgenden Jahre liess sich Westenrieder wegen Kränklichkeit von dem Lehramt mit Beibehaltung seines Gehaltes von 500 Gulden entbinden, aber nicht etwa, um seine künftigen Tage in Unthätigkeit zu verbringen, sondern vielmehr, um desto widmenderter der schriftstellerischen Thätigkeit sich zu ungehin; denn arbeiten und nur arbeiten war für ihn Leben.

Aus Westenrieders Freundeskreise: Franz Xaver Hueter.

»Ich thue mehr«, schrieb er schon 1776 seinem vertrauten Freunde Hueter, »als ich thun sollte, und niemand würde glauben, wie ich mich anstrenge. Ich sitze gar oft, wenn der Mond kömmt, und sitze und schreibe noch, wenn er Abschied nimmt; und wenn die Leute um mich wohlgesättigt von Ruhe aufstehen, stehe auch ich von der Arbeit zur Arbeit auf. Der Kaffee gibt mir Leben und Munterkeit, aber er macht mich leider sehr dünn und bleich, und wie ich fürchte, vor der Zeit alt. Hundertmal nehme ich mir vor, ihm Abschied zu geben; aber was habe ich dann, was mir, wenigstens auf einige Augenblicke, einige Tropfen von heiterer Laune verschafft? nichts, und niemand. Meine vier Wände reden nicht, und alles ist stumm um mich. Es ist ein trauriges Leben, und ein trauriges Los! Nur das ist mein Trost: Gott ist mein Freund!«

ZWEITES KAPITEL.

Westenrieder als Vorkämpfer der Aufklärung in den Jahren seiner fruchtbarsten litterarischen Thätigkeit. 1779—1783.

Westenrieder hat zu keiner Zeit das Leben eines der Welt abgekehrten Gelehrten geführt, auch nicht die Ereignisse des Tages und die Wandlungen, die sich in seinem Vaterlande vollzogen, mit einer bloss passiven Teilnahme begleitet, sondern vielmehr durch seine Schriften unmittelbar auf das Leben zu wirken gesucht. Daher setzt auch das Verständnis jeder einzelnen Epoche seiner litterarischen Thätigkeit die Kenntnis der öffentlichen Zustände voraus, unter denen seine Schriften entstanden, und auf welche einzuwirken sie bestimmt waren. Vergegenwärtigen wir uns daher, ehe wir die Masse der Arbeiten mustern, welche die Zeit der höchsten Fruchtbarkeit des Schriftstellers bezeichnen, den Einfluss, welchen auf den Charakter derselben die ersten Jahre der Regierung Karl Theodors geübt haben.

Es wäre unrecht, wenn man verkennen wollte, dass die neue Regierung, der in Bayern viele unverhohlen mit Misstrauen und Abneigung begegneten, nicht in

III. Aus Westenrieders Freundeskreise: Heinrich Braun.

manchen Beziehungen Eifer für das Gute gezeigt hätte. So gab sich in verschiedenen wirtschaftlichen Massregeln aufrichtige Sorge für die Volkswohlfahrt kund. Auch den künstlerischen Bestrebungen, durch die sich Karl Theodor in der Pfalz den Ruhm eines glänzenden Mäzenatentums erworben, blieb er in München treu. Er liess die in Lustschlössern zerstreuten Kunstschätze nach der Hauptstadt bringen, um sie jedermann zugänglich zu machen, und traf Anstalten zur Verschönerung Münchens auch in baulicher Beziehung.

Sogar das junge Volksschulwesen schien unter dem neuen Regiment kräftig gedeihen zu sollen. In einer der Oberlandesregierung erteilten Instruktion wird die gute Erziehung der Jugend und die Errichtung tüchtiger, mit geschickten Lehrern versehener Schulen als ein Gegenstand bezeichnet, der dem Landesvater vorzüglich am Herzen liege, wie denn auch die Glückseligkeit des ganzen Staats darauf grösstenteils beruhe. Es wurde daher nicht allein jene Schulordnung, die Heinrich Braun noch in den letzten Tagen Max Josephs für die niederen Schulen neu bearbeitet hatte, sanktioniert, sondern weitere heilsame Reformen in Aussicht gestellt. In einem kurfürstlichen Reskript vom 15. Dezember 1779 hiess es, es solle nicht nur auf die Errichtung von genügenden Schulen und Schullehrerseminarien, sondern auch auf die Bildung eines ausreichenden Schulfonds ernstlich Bedacht genommen werden. Diese Intentionen wurden dadurch nicht verringert, dass ihnen die Erkenntnis zu grunde lag, wie sehr durch die Versäumnis des Schulwesens die öffentliche Unsicherheit zunahm.

Nicht minder verdient angesichts des mönchischen Charakters, der die Regierung des Kurfürsten später so grell als möglich kennzeichnet, die Thatsache erwähnt zu werden, dass Karl Theodor in den ersten Jahren Versuche machen liess, abergläubische Bräuche durch Polizeimassregeln abzustellen und gottesdienstliche Handlungen, insbesondere die öffentlichen Prozessionen, von jenen ungeheuerlichen Zuthaten zu reinigen, welche

Denkenden schon lange nur zum Ärgernis oder zum Gespött gedient hatten. So wurde der in Oberbayern allgemein herrschende Unfug des Wetterläutens und Wetterschiessens mit Strafen bedroht, der sogenannte Palmesel von den Strassen verscheucht, und die Fronleichnamsprozession, die unter den Händen der Jesuiten zu einer so abgeschmackten Maskerade ausgeartet war, dass sie selbst nach der Meinung des geistlichen Rats der Würde und Heiligkeit der Religion offen Hohn sprach, wenigstens von den anstössigsten Mummereien gesäubert. Man gab z. B. die phantastisch zugestutzten Reiterscharen, die Triumphwagen und Tragbahren mit lebenden Bildern, die siebenköpfigen Drachen u. s. w. preis. Dazu stimmte es, dass die Regierung auch jener verderblichen Flut von Mönchsschriften, die unter dem Titel von Andachtsbüchern dem krassesten Aber- und Wunderglauben dienten, Einhalt zu thun sich anschickte. Nur schade, dass derartige Bestrebungen nicht die Konsequenzen eines festen Regierungssystems, sondern Nachwirkungen der unter Max Joseph eingeschlagenen Richtung waren, und dass um dieselbe Zeit, wo man einer vernünftigen Aufklärung noch das eine oder andere Zugeständnis machte, jene bildungsfeindlichen Mächte, welche sich nur grollend eine Zeitlang dem Willen des Staats gebeugt hatten, von neuem und kecker denn je ihr Haupt erhoben.

Während die Exjesuiten mit den Kapuzinern, Franziskanern und den Scharen anderer Mönche um den vorherrschenden Einfluss rangen, boten sie sich in der Verfolgung denkender Männer und bei der Jagd auf verdächtige Bücher treulich die Hand. Und wie viel sie am Hofe selbst gegenüber den besten Männern vermochten, hatte der weit über Bayern hinaus geachtete Dichter Zaupser zu empfinden. Gegen die Inquisition, deren Einführung fanatische Mönche zu fordern wagten, hatte Zaupser eine mit Beifall aufgenommene Ode veröffentlicht, und zwar mit Genehmigung der kurfürstlichen Zensurbehörde.

Dem Zensurkollegium ging deshalb nebst einem scharfen Verweis der Befehl zu, jene Schrift zu unterdrücken. Dem Verfasser aber, welcher die Stelle eines Hofkriegsratssekretärs bekleidete, wurde aufgegeben, »bei gesessenem Pleno sein christkatholisches Glaubensbekenntnis abzulegen, wonach ihm einzuschärfen, dass er in Zukunft bei Vermeidung anderweiten schweren Einsehens in dem Religions- und theologischen Fache heimlich oder öffentlich zu schreiben, sich um so weniger unterfangen solle, als er weder den Beruf, noch aus Mangel der erforderlichen Wissenschaft und Prudenz die geringste Anlage dafür habe,« — »wie denn auch heute (10. Oktober 1780) dem Hofkriegsratsdirektorio der Auftrag beschehen ist, erwähnten Sekretarium Zaupser mit der Kanzleiarbeit soweit zu beschäftigen, damit ihm zu theologischen und anderen ausschweifenden Schreibereien keine Zeit übrig verbleibe.«

Die Zensurbehörde, die sich vergebens des so gemassregelten Autors anzunehmen suchte, bestand damals noch aus vorwiegend liberal gesinnten Männern; auch Westenrieder gehörte schon seit Jahren zu den Räten des Kollegiums; daher blieb der Fall Zaupser vorläufig eine vereinzelte Erscheinung, und die Behörde fuhr fort, mehr die abergläubischen Mönchschriften, als die Litteratur der Aufklärung zu überwachen. Wie sehr jenes not that, lehrte u. a. ein in das Jahr 1783 fallender Vorgang. In München, wo das berühmte Bild der Herzogspitalkirche seit Jahrhunderten zahlreiche Wunder gethan, dann aber der beginnenden Aufklärung Rechnung zu tragen angefangen hatte, drehte jetzt plötzlich ein Bild in der St. Peterspfarrkirche die Augen. Früher war es Sitte gewesen, solche Wunder in erbaulichen Schriften zu verzeichnen und mit Genehmigung der Oberen zu verbreiten. Auch die neueste Begebenheit wollte eine fromme Industrie nicht unbenützt lassen. Der Buchhändler Krätz in München liess eilig eine Schrift mit dem lehrreichen Titel drucken: »Wundersame Begebenheit der mirakulösen Augenwendung des gnaden-

reichen Vesperbildes in der St. Peterspfarrkirche zu
München. Aus Verlangen vieler marianischen Verehrer
und Pfarrkinder zum Druck befördert, als ein Schröck-
bild allen Freigeistern vor Augen gestellt.«

Dies konnte man denn doch höheren Orts, wenn
man sich nicht offen zum finstersten Aberglauben bekennen
wollte, nicht dulden. Der Buchhändler Krätz ward in
Untersuchung gezogen. Als Autor aber entpuppte sich
ein Priester aus Gauting, welcher, da er sah, dass die
Zensurbehörde seine Schrift entschieden missbilligte, zu
der Ausrede seine Zuflucht nahm: dass er, von dem Buchhändler gebeten, über die Geschichte etwas zu schreiben,
sowohl pro et contra habe schreiben wollen. Der zuerst
vollendeten Schrift pro opinione positiva habe in vierzehn
Tagen eine andere, pro opinione negativa, also zur Be-
kämpfung des Wunders, folgen sollen! Die klägliche Ausrede war insofern nicht übel, als man damals in der That
nicht wissen konnte, ob das Licht oder die Finsternis
die grössere Macht besass.

Dass die bisher ausgestreuten Keime der besseren Bildung geradezu mit Vernichtung bedroht waren, sahen alle,
welche allein in tüchtigem Gymnasialunterricht eine sichere
Grundlage echter Geisteskultur erkannten, als im Jahre 1781
die ehemaligen Jesuitengüter, auf welchen der Bestand
der Gymnasien und Lyzeen beruhte, lediglich im Interesse
der bequemen Versorgung von Günstlingen, vor allem
eines natürlichen Sohnes des Kurfürsten, zur Dotierung
des neugegründeten Zweiges des Malteserordens ver-
wendet, die gelehrten Schulen aber der Klostergeistlichkeit,
unter Obhut der Prälaten des Landes, übergeben wurden.
Da die Mönche das wichtigste aller Ämter ebenso wider-
willig als unvorbereitet übernahmen, so sanken alsbald die
mittleren Studienanstalten unter das Niveau der früher
so laut verdammten Jesuitengymnasien hinab, und
die Arbeit von Dezennien schien umsonst geschehen
zu sein.

Charakteristisch für die Zustände Bayerns zu einer
Zeit, wo die Verteidiger des Alten so bedenkliche Beweise

wiedererstarkter Macht lieferten und die aufstrebenden Geister in ihrer Bewegung auf Schritt und Tritt sich gehemmt fühlten, ist das Emporkommen eines Geheimbundes, welcher mit vereinten wohldisziplinierten Kräften der Aufklärung zum endlichen Siege verhelfen zu können meinte. Ein unruhiger und ehrgeiziger Professor der Universität Ingolstadt, Adam Weishaupt, der noch bei Max Josephs Zeiten den kaum verminderten Einfluss der Exjesuiten und ihrer Gesinnungsgenossen in seiner unmittelbaren Umgebung fortwirken sah, hatte schon i. J. 1776 den verwegenen Gedanken der Gründung eines Ordens gefasst, mit dessen Hilfe er den verhassten Feinden die Waffen entreissen und dagegen die Vernunft und die Tugend, wie er sie verstand, zur Herrschaft bringen könnte. Um dem Geheimbunde, den er nach dem Muster der Jesuiten zu antijesuitischem Zwecke zu errichten gedachte, mehr Reiz und eine gewisse Weihe zu geben, wollte er sich an die mysteriösen Formen der Freimaurerei anlehnen.

Kaum hatte Weishaupt die Statuten des Ordens in den ersten Umrissen entworfen, so begann er schon mit wenigen Vertrauten Kandidaten anzuwerben, erst in Ingolstadt, dann auch anderer Orten, namentlich in München. Vor allem hatte er es auf Vornehme und Reiche, nicht am wenigsten auch auf junge Gelehrte abgesehen. Den Anzuwerbenden wurde die Meinung beigebracht, dass die Neigungen und Wünsche, die sie beseelten, die Ideale, denen sie zustrebten, nur in einem Geheimbunde Befriedigung finden könnten, dessen Ursprung bis in das Altertum zurückgehe, und dessen Mitglieder, zumal die Oberen, bis in die höchsten Kreise reichen. Da Lern- und Wissbegierde von dem Eintritt in den Orden sich Befriedigung versprechen konnte, so geschah es, dass auch ernste und freidenkende Männer, die weder an dem phantastischen Spiel mit maurerischen Formen, noch an der nach dem Muster der Jesuiten systematisch gepflegten Spionage Gefallen finden konnten, sich arglos anwerben liessen.

Die ersten Apostel, welche **Weishaupt** nach München entsandte, warfen auch nach **Westenrieder** ihre Netze aus. **Weishaupt** legte, da es sich um einen vielversprechenden, freigesinnten Schriftsteller handelte, besonderes Gewicht auf den Fang, den ihm der Freiherr von **Zwack** mit dem Ordensnamen **Kato** in Aussicht stellte. Aber der neue Novize, welcher im Frühjahr 1778 unter dem Namen **Pythagoras** aufgenommen wurde, täuschte alsbald die Hoffnungen, welche die Oberen auf ihn setzten. »**Pythagoras**«, so hiess es schon in den ersten Tagen, »ist wahrhaftig ein närrischer Mensch. Ich glaube, seine Einsamkeit hat Stolz zum Grunde und hohe Einbildung in sich selbst. Auf diese Weise taugt er uns soviel wie nichts.« Es dauerte denn auch nicht lange, so trieb nicht allein das Selbstgefühl, das die Oberen des Bundes Dünkel und Eigensinn schalten, sondern sicher auch der Überdruss an dem ganzen Treiben seiner neuen Ordensbrüder **Westenrieder**, sich frei zu machen. Er ging seinen eigenen Weg, um für die Aufklärung und Gesittung seines Volkes nach dem Drange seines Herzens in stolzer Unabhängigkeit zu wirken, während es **Weishaupt** und seinen Helfern gelang, den Orden, der die ersten Jahre noch ganz in der Luft schwebte und bei dem Mangel an höheren Graden nicht viel mehr als eine »phantastisch zugeschnittene Fortbildungsschule« war, dadurch festern Halt zu geben, dass sie die weitverbreitete Freimaurerei sich dienstbar machten und in dem mit Hilfe des Freiherrn von **Knigge** vollständig ausgearbeiteten System den Illuminatenorden als höhere Stufe der gewöhnlichen Maurerei behandelten. So war die Schöpfung eines obskuren Ingolstädter Professors imstande, für ein paar Jahre in den angesehensten Kreisen selbst ausserhalb Bayerns Propaganda zu machen, bis das kecke Ringen um Einfluss und Macht und die bedenklichen Blössen, die sich einzelne Mitglieder und nicht am wenigsten der General selbst gaben, den jähen Sturz des haltlosen Gebäudes herbeiführten. Die beklagenswerten Folgen, die sich daran für Bayern knüpften, werden wir noch kennen lernen; sie wogen nur zu sehr das Gute auf, das manche Jünger des Ordens auf den niederen Stufen durch litterarische Anregungen und anderswo verpönte Bildungsmittel empfangen hatten.

Selten wird ein Schriftsteller im Laufe weniger Jahre so zahlreiche und so mannichfaltige Arbeiten ausgeführt haben, als W e s t e n r i e d e r zu der Zeit, wo kein öffentliches Amt seine Kraft in erheblicher Weise in Anspruch nahm und weder körperliche Leiden, noch der schwere Kummer, den ihm in späteren Jahren die trostlose Lage des Vaterlandes bereitete, der vorwärtsstürmenden Macht seines Geistes Zügel anlegten.

W e s t e n r i e d e r begann noch im Jahre 1779 mit der Herausgabe einer drei Jahre fortgesetzten Monatsschrift, »Bayerische Beiträge zur schönen und nützlichen Litteratur«, von der er rühmen konnte, dass sie zahlreiche Abnehmer fand — ungleich mehr noch, als die im Jahre 1780 in Amberg angekündigte Graf S t o l b e r g i s c h e Übersetzung der Ilias, auf die doch über 700 Anmeldungen erfolgten — und überall mit begeisterndem Beifall aufgenommen wurde. Als Fortsetzung dieser auf sechs Bände angewachsenen Sammlung lassen sich die beiden Bände »das Jahrbuch der Menschengeschichte in Bayern« (1782—1783) betrachten. Daneben lieferte der Verfasser zahlreiche Aufsätze für die in Mannheim erscheinenden »Pfalzbayerischen Beiträge« (1782). Er schrieb ausserdem in eben jenen Jahren, ehe er den Auftrag zur Ausarbeitung der bayerischen Geschichte und der Geschichte der Akademie der Wissenschaften erhielt, eine Reihe von Flugschriften, Reden, Abhandlungen und ganze Bücher erzählenden, volkspädagogischen und geographischen Inhalts. In einem einzigen Jahre (1782) hat er nach seiner eigenen Angabe ausser »verschiedenen Kleinigkeiten« zwei akademische Reden, zwei anonyme Schriften, den zweiten Teil eines Romans (Engelhof), »denTraum in drei Nächten«, die Beschreibung der Haupt- und Residenzstadt München, des »Bayerischen Jahrbuchs« ersten Teil und zu alledem noch ungefähr monatlich einen Artikel für die »Pfalzbayerischen Beiträge« zustande gebracht!

Dass die so rasch geschriebenen Werke nach Form wie Inhalt, die einen mehr, die anderen weniger, die rastlose Eile des Verfassers verraten, versteht sich von selbst; denn wenn auch Westenrieder mit Verzicht auf jede andere Lebensfreude ganze Tage und mehr als halbe Nächte der angestrengtesten Arbeit widmete, wie hätte er für die mannichfaltigen Aufgaben, die er zu gleicher Zeit sich stellte, den Stoff immer genügend sammeln, geistig verarbeiten und in eine kunstgerechte Form bringen können? Lebhaft erinnerte er sich noch zwanzig Jahre später der Lage, worin die »Bayerischen Beiträge« entstanden. »Ich hatte nur selten so viele Musse, um den vorhergehenden Abend zu wissen, was ich den folgenden Morgen schreiben würde, und gar oft kam ich von meinem Spazierlauf, den ich täglich bei jeder Jahreszeit und Witterung am frühesten Morgen machte, wieder zu Haus an, ohne noch eine Idee erjagt zu haben. Mit der unbeschreiblichsten Angst rieb ich mir oft mit der Hand die müde Stirn, wenn mir einfiel, dass in einigen Stunden mein Verleger in meinem Zimmer erscheinen und die Manuskripte für den Druck abfordern würde. Ich ging gewöhnlich am späten Abend mit gedrücktem Herzen schlafen und erwachte nach einem unruhigen, kurzen Schlummer, den oft der Kummer unterbrach, mit einem gespannten Kopf und ging dann wieder an mein Tagwerk.«

Wohl besass Westenrieder, das bezeugen manche Arbeiten auch aus seinen fruchtbarsten Jahren, die besten der Gaben, die den klassischen Schriftsteller machen; Gedankenreichtum, Phantasie und zugleich ein scharfes Auge für die Realitäten des Lebens, ferner Schwung des Geistes und warme Empfindung, nicht am wenigsten endlich eine seltene Kraft der Sprache; aber er verschmähte es, wenigstens in den früheren Jahren, die der Fülle des Herzens entströmende Rede kunstgerecht zu gestalten und der letzten Feile zu unterwerfen, wie er

IV. Aus Westenrieders Freundeskreise: Anton Bucher.

denn auch an den Meistern des Altertums und den
besten Schriftstellern der Neuzeit viel mehr den Adel
der Gesinnung, die Wärme der Empfindung und die Schärfe
der Beobachtung als die Schönheit der Form zu preisen
pflegte. Eine grosse Denkungsart, eine Leidenschaft für
das Gute und den für das praktische Wirken befähigten
Sinn zu wecken, betrachtete er überall als die Hauptaufgabe des guten Schriftstellers.

In den Schriften der ersten paar Jahre nimmt noch
das schöngeistige und künstlerische Interesse einen
grösseren Raum, als in den nachfolgenden Arbeiten ein.
So liefert er zahlreiche Kritiken und Betrachtungen über
das Theater, dem er eine hohe Stelle unter den nationalen
Erziehungsmitteln anweist. Er fordert wiederholt und
dringend eine bessere Kultur der Muttersprache und
möchte, dass die durch die Akademie zuerst geweckte
Teilnahme an der Litteratur in die weitesten Kreise dringe,
damit alle des edlen Genusses fähig werden. Er spricht
besonders begeistert von Klopstock und Herder,
empfiehlt die Schriften von Lessing, Voss, Winckelmann und nicht am wenigsten den frommen Gellert.
Die Gabe, Gefühl zu wecken, erscheint ihm überall als
eine der höchsten des Schriftstellers. »Wollte Gott, dass
ich die Macht hätte, jedem Stein auf der Gasse etwas
zu geben, wodurch das menschliche Auge erfrischt und
das Herz sanft und freudig gerührt würde.«

Über den Neueren aber vergisst er die Klassiker
des Altertums nicht, deren Studium ihm immer als die
unentbehrliche Grundlage aller Bildung erschienen ist.

»Das,« sagt er, »was man eine grosse Denkungsart,
was man grosse Leidenschaften für edle Dinge nennt,
ist es, was die geistigen Gesetze, die guten Einrichtungen,
was die Einfalt und Reinigkeit der Sitten, die Gegenwart des Geistes, den wahren Geschmack bei Ergötzlichkeiten, die Kraft, durch Mark und Bein zu sehen, die
gesetzte, heldenmütige Seele im Unglück so zuverlässig,
wie das Feuer die Wärme, hervorbringt, und das lernet
man wahrscheinlich weder aus französischen Philosophen,

wo die Gedanken grossenteils einem kranken Magen vorgekaut werden, noch aus unsern Romanen, und am allerwenigsten aus unserer Schaubühne. Vergöttern soll und kann man die Alten nicht, aber was die Neuern schreiben, ist grösstenteils aus denselben entlehnt, abgeschrieben und von ihnen veranlasst worden; was die Neuern schreiben ist grossenteils zur Erholung nach Geschäften, indes die meisten der Alten mit uns in die Geschäfte gehen, uns in die Ratstube, in den Hörsaal, in die Schlacht, auf das Feld, in das Hauswesen, in die Pflichten des Lebens begleiten und in uns denken und handeln.«

Er preist ferner die Philosophie als die Wissenschaft, welche lehrt wie man denken, sprechen, seinen Geist erheben soll, welche reine Sitten liebt, eine Freundin des Gesetzes ist und die Menschen zu allen gesellschaftlichen Tugenden bildet. Er begreift nicht, dass man diejenigen oft noch verfolgt, denen man seine Stärke und die Geisteserhebung schuldet. Man sollte doch einmal den Wert wahrer Weisen erkennen und sich überzeugen, dass die aufgeklärtesten Menschen gemeiniglich die besten Bürger seien: »Ihr werdet eure Hochachtung den friedfertigen, stillen Männern nicht versagen, welche sich oft aller Ehren, aller Vergnügungen und Reichtümer entschlagen, um die Fähigkeiten eures Verstandes zu bilden, welche sich mit nützlichen Kenntnissen bereichern, um das beste derselben unter eure Bürger zu verbreiten.«

Da es nach Westenrieders Überzeugung in seinem Vaterlande nicht besser werden konnte, so lange es an einer gründlichen Volksbildung fehlte, so versäumte er nicht, wiederholt der Reform des Unterrichtswesens, die man dem unvergesslichen Maximilian verdankte, seine Anerkennung zu zollen und rühmend der bei jenem Werk zunächst beteiligten Männer, eines Osterwald, Braun, Bucher, Kollmann und Ickstadt, zu gedenken. Aber er klagt auch bitter, wie viel hier noch zu thun sei, und sieht die Morgenröte des bayerischen Schulwesens sich schon zu dem Ende neigen.

Je schlimmer bei der mangelhaften Volksbildung auch die sittlichen und materiellen Zustände sind, je grösser, namentlich zu Westenrieders Entsetzen, die Thätigkeit des Henkers ist, umsomehr geisselt er die Trägheit und Stumpfheit gegen notwendige Verbesserungen in der Kultur des Geistes, der Sitten, des Bodens, der Gewerbe; vor allem aber schüttet er seinen Zorn aus über die rohen und interesselosen Beamten, jene »Routinenmänner«, die nicht ein Buch lesen, das sie über ihre gemeine Lebensanschauung hinaushöbe. »Wir kennen«, ruft er einmal aus, »die Sprache: Hier bin ich ganze Stunden gereist und habe öde Gründe, verfallene Häuser, elende, lichte Wälder, magere Kühe gesehen, hier ist gar keine Industrie; man thut nichts und will nichts lernen; man will nichts als essen und trinken; man erfindet nichts, schreibt nichts, liest nichts, lässt sich nichts sagen. Und diese Sprache können wir demütig anhören, und sie durchbohrt uns das Herz nicht!«

Dass so ernste, strafende Reden, so unablässige Mahnungen zur geistigen Anstrengung nicht der Menge der Leser gefielen, verhehlte sich Westenrieder nicht. Aber mit Stolz durfte er von seiner schriftstellerischen Thätigkeit schon zu der Zeit, als er sich ihr ganz zu widmen begann, sagen: »Es ist uns einmal nicht um viele Käufer, sondern um den Beifall der gesunden Seelen unseres Zeitalters und um den Beifall der unparteiischen Nachwelt zu thun. Der Vorwurf komme nicht über unser Haupt, dass wir jemals von dem Ernst deutscher Sinnesart abgewichen, dass wir den uns eigenen Charakter verlassen und die Stimme erhoben haben, um mit Tönen entnervter Sitten die Gemüter unserer Mitbürger zu unmännlichen Begierden zu schmelzen.«

Das »Jahrbuch der Menschengeschichte in Bayern«, das Westenrieder auf die »Bayrischen Beiträge« folgen lässt, eröffnet er in dem ersten Artikel mit der Frage: »Was giebt einer Nation Macht und Ansehen?« Er antwortet darauf: »Die möglichste Verbreitung eines gesunden und unterrichteten Verstandes, der reichste Umlauf guter Kenntnis und Gefühle, mit einem Wort: Besitz der Litteratur, der Künste und Wissenschaften.« Er fährt daher auch in diesem Werke fort, von den Künsten, dem Theater, der Musik nicht minder zu handeln, als von mancherlei Werken der Litteratur. Aber mehr noch als in seinen früheren Arbeiten fasst er unmittelbare Lebenszwecke ins Auge und erörtert neben Fragen der geistigen und sittlichen Bildung des Volkes auch wirtschaftliche Angelegenheiten, und zwar in einer Weise, die zeigt, wie sehr ihm auch die materielle Wohlfahrt des Vaterlandes am Herzen liegt, und wie ernstlich er über die Mittel zur Hebung derselben nachgedacht hat.

Und noch Eins tritt aus den Schriften der Jahre 1782 und 1783 uns sichtbar entgegen, die steigende Bekümmernis sowohl über die Hemmungen, welche die gesunde Aufklärung mehr und mehr erfährt, als über die Flachheit und Frechheit des Räsonnierens und über die Unmoralität und Üppigkeit des Lebens, die bei dem Mangel wahrer Verstandes- und Herzensbildung um sich greifen.

Aber die wachsenden Hindernisse, auf welche die wahre Aufklärung stösst, verdoppeln nur den Eifer des Tapferen, zu wirken, solange es noch Tag ist, und je unerfreulicher die Erscheinungen sind, welche die Herrschaft falscher Begriffe und unmoralischer Grundsätze erzeugt, um so notwendiger erscheint es ihm, die echte Verstandes- und Herzensbildung nach Kräften zu befördern.

Bei Beantwortung der Frage: »Ist es vernünftig, seine Unterthanen vernünftig zu machen?« konnte er 1782 in einem Artikel der »Pfalz-bayerischen Beiträge« die Schlusserklärung abgeben:

»Ich habe gleich anfangs jene Aufklärung, wo das Volk auf unreifes Räsonnieren und freche Witzeleien geführt wird, von einer anderen unterschieden, wo es auf klare und gesunde Begriffe der reinen Sittenlehre und auf gute, aufmunternde Kenntnisse bürgerlicher Verrichtungen angesehen ist. Jenes, wenn es zum einzigen Endzwecke gemacht wird, ist gewöhnlich ein schwaches Werk eingebildeter Weisheit, und wenn es, freilich auch nur zufällig Schaden anrichtet, so geschieht dies nirgends eher als bei unaufgeklärten Seelen, denen jeder Scheingrund, der ihrer Freiheit und sinnlichen Lüsten schmeichelt, willkommen ist. Das heutige Überhandnehmen der verabscheuungswürdigsten Grundsätze in Absicht auf die Sittenlehre, der Unglaube an Tugend und an Pflichten, ohne welche keine bürgerliche Verfassung stattfinden kann, das heutige Hohngelächter über den Mut, etwas uneigennützig für sein Vaterland zu thun oder ohne Hoffnung einer zeitigen Belohnung zu arbeiten, da man sich's könnte wohl sein lassen, und überhaupt das Hohngelächter über den Romaneifer, sich der guten Sache anzunehmen, dieser heutige Epikureismus, dieses System, bene et jucunde zu leben, diese Verworfenheit, deren Folgen nicht mehr erst heranziehen, ist sie nicht ein offenbarer Beweis von der grossen Menge unaufgeklärter, ungesunder, schwacher Seelen, denen ein wahrer gegründeter Unterricht wohlgeordneter und wesentlicher Begriffe unbekannt geblieben ist? Sie würden ebenso leicht (denn dass sie diese Wendung genommen, ist grösstenteils zufällig) bei andern Umständen auf die Seite der gegenseitigen Schwärmerei verfallen und Opfer des Aberglaubens geworden sein, der, als eine Folge unaufgeklärter Zeiten, in der physischen und moralischen Welt so grosse Verwüstungen angerichtet, geistliche und weltliche Dinge vermischt, die Religion mit dem Schwerte verteidiget und dem Menschengeschlechte so viele Wunden versetzt hat. Bedrückungen, Ungerechtigkeiten, Hemmungen guter Grundsätze werden bei einem aufgeklärten Volke, welchem solche Erscheinungen zu sehr auffallen, weniger möglich sein — doch ich verteidige eine Sache, die niemand anstreitet. Niemand anstreitet? Wahrlich niemand, wer ein Freund der gesunden Vernunft, ein Freund der Menschheit ist.«

Wenn Westenrieder nicht müde wird, dem Theater, das er nur als eine Galanteriesache behandelt sieht, eine besondere Aufmerksamkeit zu widmen, so geschieht es in der Überzeugung, dass dasselbe in einem wohlgeordneten Staate das erste und wirksamste Mittel der Regierung sei, den Verstand und das Herz der Unterthanen zu bilden und auf die Leidenschaften und Sitten des Volkes zu wirken. Er möchte durch seine Artikel hinführen zu den Quellen, »deren innerer Gehalt unsere Sinne öffnet, unsere Einbildungskraft stärkt und veredelt, unsern Verstand wunderbar schärft, unsere Begierden, Absichten, Leidenschaften reinigt und unser Herz menschlich und liebenswürdig macht.«

Ein Aufsatz »über den Zustand der Künste in Bayern« beweist, dass Westenrieder auch über diesen Gegenstand höher und richtiger denkt, als seine Zeitgenossen. Die Künste könnten als eine »Kommerssache« behandelt werden und werden »nicht einmal als eine Staats- und Erziehungssache« angesehen. Es fehlt der Kunst an Aufmunterung und Förderung. Er vermisst öffentliche Kunstausstellungen; er lenkt insbesondere die Aufmerksamkeit auf die gänzlich vernachlässigte Kupferstecherkunst, für deren Pflege die Bedingungen in München so günstig seien; er sieht die Zeit kommen, wo die Ausländer an den romantischen Landschaften seines schönen Bayerlandes ihr Talent üben und das Schönste der Natur in den herrlichsten Gegenden des Landes darstellen werden. An fähigen Köpfen fehle es wahrlich in Bayern nicht, doch sei es ihm nicht unbegreiflich, dass unter so vielen Vätern, die nicht wissen, was sie mit ihren Söhnen machen sollen, keiner sich einfallen lasse, aus dem fähigsten einen Künstler zu machen; der Vater glaube nicht ohne Grund, seinen Sohn herabzusetzen, wenn er ihn Künstler werden lasse, und er würde bis über die Ohren rot werden, wenn er auf die Frage seiner Anverwandten, was der Sohn geworden, antworten müsste: ein Künstler.

Was nach Westenrieders Ansicht eine »allgemeine Hochachtung für die Kunst« nicht aufkommen lässt, ist nicht am wenigsten der Umstand, dass die Kirchen, bei denen sich die Baukunst und die Bildhauerei, die Malerei, Musik und Verzierung vereinigen sollten, unsere Sinne zu erheben und unser Aug und Herz an die Warnehmung erhabener Vorstellung zu gewöhnen, nicht einmal das »Zweckmässige,« »Würdige« und »Anständige« aufweisen.

In den »Betrachtungen über unsere Kirchenzierden in Rücksicht auf den Endzweck der Kunst« tadelt er unter anderen den Unverstand, womit man einzelne Gemälde und Statuen in der Meinung, dass man sie verziere, misshandle. Er findet es namentlich »lächerlich und ungeschickt, Statuen, zumal wenn sie treflich geschnitzt sind, gepuderte Perücken aufzusetzen, eine Zierde, die beynebens allem Kostüm desjenigen Zeitalters, in welchem man sich das Bild denken muss, zuwider ist. Wenn man aber ein solches Bild noch obendrein mit Maschen, Ketten, Perlen, Amuletten, Münzen, Rosenkränzen und andern Dingen umhängt? Wenn man selbes in einer Kleidung, welche niemals bey einem Volk des Erdbodens üblich, und eine gänzliche geschmacklose Erfindung einer schwärmerischen Einbildungskraft war, darstellet? Wenn man sie in diese nichts ausdrückende Kleidung so einhüllt, dass kaum das Gesicht und etliche Finger und diese ganz mit verschiedenen Ringen überdeckt zu sehen sind? Wenn man diese unnatürliche Kleidung so auseinanderzerrt, und zugleich in so seltsame und steife Falten zwinget, wie in der Natur unmöglich, welche sich ergeben können?—« Er macht auf noch anstössigere Dinge bei Gemälden der Augustinerkirche aufmerksam und möchte dagegen seine Leser vor das unvergleichliche, Raffael beigelegte Vesperbild in der Münchener Galerie hinführen, damit sie »durch ihr eigenes Gefühl urteilen können, was wahrhaft schön und gross, und ganz dazu gemacht ist, Herzen wunderbar zu rühren und sie zur hohen Liebe und Versöhnung, zur Andacht und zum erhabenen Wandeln in seliger Ruhe zu stimmen.«

Aus dem Aufsatze: »Ob wir bei dem Fortschritt, welchen gegenwärtig die menschlichen Kenntnisse nehmen, klüger handeln, als Sachsen, Preussen und Österreich« mögen nur folgende Stellen hervorgehoben werden: »Wenn zur Zeit, wo die österreichischen Provinzen auf den Grad der Kultur, den die nördlichen Deutschen erreicht haben, gekommen seyn werden, wo die Früchte der Verordnungen, welche gegenwärtig die Aufmerksamkeit und Bewunderung von ganz Europa nach sich ziehen, in voller Reife dastehen, und einheimisch geworden seyn werden, wenn, sag' ich, zu dieser Zeit irgend ein deutsches Land noch um fünfzig Jahr in der Denkungsart, und um hundert Jahr im Geist der Anstalten zurück seyn, wenn auch die kleine, schweigende Anzahl guter Köpfe müde, verscheucht, furchtsam und schüchtern, und ohne Hoffnung, dass in ihrem Vaterland die gute Sache jemals die Oberhand gewinnen werde, seyn sollte: was wird dann diese Provinz retten, was wird sie vor der Verachtung aller veredelter Nationen, und vor ihrer eignen Schande beschützen können?«

»Und (damit ich es mit einem Male sage) es verhält sich izt mit den Staaten, welche einen gewissen Anfang von Aufklärung gemacht haben, wie mit einem Feld, das einmal die Frühlingssonne erwärmt, und worinn sich bereits der Keim zum Wachsthum entwickelt hat. Jeder zurückkehrende Frost tödtet viele tausend Blüthen; und wo gleichsam ein zweyter Winter zurükkömmt, da wird alles zu Grund gehen. So mit unserm Eintritt in das Reich der Künste und Wissenschaften. Es ist einmal zu spät, den ehemaligen Weg wieder einschlagen zu wollen. Weil wir still halten, darum bleiben andere nicht stehen, sie lachen dessen, der sich umsieht, und zaudert; und sind fest überzeugt, dass, nachdem einmal die itzige Bewegung aller menschlichen Kräfte, die itzige Gährung aller Kenntnisse vorhanden ist, die Glückseligkeit und die Sicherheit eines Staates allein durch den möglichsten Grad von Aufklärung erreicht werden können.«

V. Aus Westenrieders Freundeskreise: Johann Georg von Lori.

»Es kömmt darauf an (ausserdem ist alles vergebens), dass eine gründliche Einsicht, ein grosser Verstand, Arbeitsamkeit, Bescheidenheit im Aufwand etc. Tugenden werden, dass die Sprache unsrer Reichen: Ich lerne nichts, weil ich nichts brauche, dass ihre Schmausereyen, ihre ewigen Feste von Vergnügungen bey einem weichen, ehrlosen Leben, dass ihr lasterhaftes Herabsehen auf die, welche arbeiten, damit sie nichts zu thun brauchen, Schande werde.«

»In Frankreich, so wie in England, ist der Adel gelehrt, und der Schriftsteller ist ein wichtiger und geachteter Mann. — Und wo sind nun bey uns die Quellen, welche die Ehrbegierde antreiben, die Quellen grosser Gedanken, Entwürfe und Thaten? Nach welcher Art des Ruhms streben wir? Worinn suchen wir uns zu erheben, oder besser zu fragen, worinn suchen wir uns zu erhalten? Ist unsre Statistik wohl eingerichtet, oder auch nur bestimmt? Ist unser Kirchenwesen in Ordnung? Ist unser Ackerbau, unser Wald wohl, oder doch wenigst mittelmässig bestellt? Haben wir an Bevölkerung zugenommen? Haben wir einen ergiebigen Handel? Und haben wir es wenigst so weit gebracht, uns selbst kleiden zu können? Oder was besitzen wir, das uns stärker, gesünder an Seel und Leib, reicher und schätzbarer denn andre macht? —«

»Wir leben gegenwärtig ein berühmtes Zeitalter, und leben unter so grossen Männern aller Arten, dass es uns doppelt zum Vorwurf gereichen würde, mittelmässig oder noch weniger geblieben zu seyn. Es ist in diesem Streit für die Beförderung guter Kenntnisse nicht, wie da, wo aus der ganzen Menge beynahe nur Einer der Held sein kann; hier können die Helden wir alle seyn.«

»Wem es gleichgiltig ist, was man nach seinem Leben von ihm sage, der ist kein Mann von Ehre, der verdient nicht, dass er lebe. Auch wird es uns, so wahr die Sonne über uns aufgeht (denn wir gehen nicht unter), nicht gleichgiltig seyn, was man mit Recht von uns sagt, sondern freudig heben oder darnieder beugen. Also stelle heute jeder die Frage an sich: Was haben wir dies verflossne Jahr besser gemacht, als wir es fanden?«

Auf die volkswirtschaftlichen Anschauungen Westenrieders hat Justus Möser nachweisbaren Einfluss geübt. »Die patriotischen Phantasien«, die er all seinen Landsleuten, Gelehrten und Ungelehrten aufs wärmste empfiehlt — er möchte sie auf Kosten eines reichen und edel gesinnten Mannes in 20,000 Exemplaren im Lande verbreitet sehen —, haben ihn unter anderem zu dem Artikel angeregt: »Was sollen reiche Eltern mit ihren Kindern anfangen?« Er antwortet: sie sollten ein Handwerk lernen, nicht um dasselbe stets und lebenslänglich mit eigenen Händen zu treiben, sondern sie sollen die Unternehmer, die Kaufleute, und eigentlich das sein, was gegenwärtig die Kameralräthe sind. Er denkt sie sich an der Spitze von Zünften, welche inländische Produkte verarbeiten, aber statt an den Krämer zu verkaufen, sich eigene Warenlager halten. Zunftähnlich gegliedert möchte er, beiläufig bemerkt, die Angehörigen aller Berufsklassen sehen, damit sie unter sich selbst errichtete Gesetze der Ordnung und des Wohlanstandes, die ihnen durch ihre eigene Freiheit ehrwürdig geworden, beobachten. Freilich verhehlt er sich nicht, dass er mit solchen Gedanken der Zeit vorauseilt.

Voll der merkwürdigsten Betrachtungen und reich zugleich an charakteristischen Schilderungen von Zuständen, die er um sich wahrnahm, ist eine mit feuriger Beredsamkeit geschriebene Abhandlung »Vom Verfall des Loden- und Tuchhandels in Bayern, und den Mitteln, ihm aufzuhelfen«. An die mit urkundlichen Thatsachen belegte Geschichte dieses für Bayern einst so wichtigen Handelszweiges, schliesst sich eine durch kühnen Freimut ausgezeichnete Erörterung der letzten Ursachen des damaligen Darniederliegens von Handel und Industrie in seinem Vaterlande. Mit Justus Möser sieht er eine dieser Ursachen in dem Überwuchern der Krämer und der »Schwächung« der Handwerker in den Landstädten. »Aber während in den Gegenden, für welche

Möser schrieb, die Sache bereits ein ganz anderes Ansehen gewonnen, ist dieselbe in anderen Ländern immer tiefer gesunken.« Indem er dann untersucht, woran es hier gefehlt, sieht er ein Hauptübel darin, dass »das fürstliche Ärar an die Stelle der Landeswohlfahrt getreten«, dass die Bürger mit Steuern überladen werden, damit die Kassen sich füllen, dass Schmeichler und Projektenmacher auf Erhöhung der fürstlichen Gefälle ausgehen, dass ein zahlreicher Adel oder eine überzahlreiche Geistlichkeit, in deren Händen der Landesreichtum ist, sich blos durch Ahnenproben, durch glänzende Chargen, durch üppige Feste u. s. w. hervorthun, während Handel und Industrie sich in die Klasse gemeiner Dinge herabgewürdigt finden. »Man sieht und fühlt nicht mehr, dass es unendlich schöner, rühmlicher und erfreulicher sey, durch eine Gasse voll Handwerksstätte und schöner Buden, wo alles klopft und hämmert, singt und lärmet, wo sich ein Leben voll Industrie und Thätigkeit durch einander bewegt, zu gehen, als durch eine ganze Paradstadt voll vornehmer Junker und Damen, Richter, Advokaten, müssiger, unwissender, dummstolzer Edelleute, Kutscher und Lakeyen, und durch ein armseliges an Leib und Seel verwahrlostes Gesindel von Schmarotzern, Kuplern, Schulden- und Schwenkmachern, Debaucheurs und Avantüriers, Huren und Spitzbuben zu ziehen.«

Nachdem der freimütige Autor sodann als eines anderen Übelstandes »der Vergrösserungssucht«, bei welcher indes ein Land gewöhnlich immer kleiner werde und des »Justiz- und Prozessgeistes« gedacht — unter der Herrschaft desselben ist »die fünfte Person die einem Wanderer begegnet, allemal ein Richter und Advokat, oder ein Kanzleibeamter mit einem ungeheuren Aktenstoss beladen« —, findet er eine wichtige Ursache des Verfalls aller Industrie darin, »dass manche Länder ganz klösterlich und ascetisch geworden. In solchen Ländern sind die Gedanken der Bürger und alle ihre Begriffe nicht von dieser Welt, als in welcher sie nichts, als eine schnöde Eitelkeit und Gefahren des Seelenheils zu sehen glauben.

Sie sehen die zeitlichen Güter mit Verachtung an, und alles was weltlich heisst, ist ihnen verdächtig. Sie schätzen sich für unglückselig, dass sie irdischen Dingen obliegen sollten, und halten sich deswegen, weil sie sich, als verheiratet, mit dem andern Geschlecht gleichsam beflecken, für niedrig und unvollkommen. Der Gedanke, den sie oft misverstehen, dass eher ein Kameel durch ein Nadelloch, als ein Reicher durch die Pforte des Himmels gehen werde, sitzt ihnen schwer auf dem Nacken, und sie glauben, in jeder Person, die ihnen begegnet, den Teufel, der da suchet, wen er fressen möge, zu erblicken. Statt dass in anderen Städten frisch gearbeitet, und ein Auskommen, welches der Tugend tausendmal eher, als die schmutzigste Armut zu statten kömmt, erworben wird, wird in solchen Städten vom frühen Morgen den ganzen geschlagenen Tag und alle Stunden der Nacht durch geklenget und geläutet, und die Leute reden und denken von nichts, als vom Versöhnen, Genugthun, Patronaten, Opfern, Abbüssen und Auslösen, und dem schrecklichen und unversöhnlichen Zorn und Grimm des Richters. Über eine neue Andacht vergessen sie den empfindlichsten Staatsverlust, und eine Pyramide von Kerzen macht sie alles, was um sie vorgeht, vergessen. Ihre Lehrer und Prediger waren nämlich von jeher Mönche und Asceten. Man mag nun Anstalten, Verordnungen und Pläne machen, wie man will: es ist lächerlich, und das Kennzeichen eines schwachen Verstandes, etwas hoffen zu wollen. Wenn mithin Männer, deren Beruf es ist, mit der Welt nichts zu thun zu haben, Lehrer des Volks und der Jugend bleiben: so bekömmt man zuletzt eben so viele Novitiate, als man Gemeinden hat. Diess ist ein bey allen Philosophen und unter allen Staatsmännern längst bekannter und ausgeübter Grundsatz, und es nützt hier nichts, böse zu werden«.

»Ja, solche im bürgerlichen Leben arbeitende Aeltern sahen ihren Zustand fast allgemein für beklagenswerth an, und trachteten daher nach nichts anderem, als nach dem Glück, ihre Kinder sobald als möglich aufzuheben, und sie einem Stand, wo sie weder für ihren Unterhalt sorgen, noch arbeiten müssten, zu überlassen. Diese war der Aeltern Absicht Tag und Nacht, wozu noch die Vorstellung kam, dass im geistlichen Stand auch für das Seelenheil ihrer Kinder allerbestens gesorgt sey. Seine Kinder für sein Gewerb erziehen, und sie zu Haus halten, ward für ein Unglück, und das Gefühl und die Freude, sich fortgepflanzt zu sehen, ward für niedrig, für profan und beinahe für unanständig gehalten. Es kam so weit, dass: du musst mir ein Handwerk lernen! die gewöhnliche Drohung der Aeltern geworden, womit sie ihre Söhne, im Falle sie keine Lust zum Studiren zeigten, erschreckt haben. Diese Begriffe stecken diese Stunde noch wirklich tiefer, als in Haut und Fleisch. Sie circuliren in unserem Blut und sind wir selbst.« Es kommt demnach zu allem andern als eine Hauptursache, »warum Gewerbe, Handwerker und fast alle arbeitenden Stände verfallen«, »dass unsere Gewerbe, unsere Handwerker und arbeitenden Bürger nicht im geringsten geachtet sind.«

Unter den Mitteln endlich, welche nach Westenrieders Meinung dem Handwerk und dem Handel aufhelfen könnten, stellt er eine »vollständige Landesstatistik« obenan. »Nicht der Jurist, sondern der Statistiker ist die wichtigste und unentbehrlichste Person im Land.« — Ich übergehe, was der Verfasser von der Notwendigkeit der freien Bewegung der Kaufleute, von der Verbesserung der Zünfte u. a. sagt, und erwähne nur noch, dass, wenn dem Lande gründlich geholfen werden soll, die Erben grosser Güter und besonders junge Prinzen von einer leidenschaftlichen Liebe für die Landwirtschaft erfüllt werden müssen, statt ein verzärteltes Leben zu führen, zu schwelgen oder andere Dinge zu treiben, die oft viel Unheil stiften. Was schafft nicht die Ökonomie, »wo sie einen Fürsten belebt! Solche Fürsten waren es, die aus eignem Trieb, und mit eignem Säckel, grosse Werke, welche ohne eine so ausserordentliche Unterstützung nie hätten zu stande kommen können, unternommen haben. Solchen thut es wehe, in ihrem eigenen Land durch stundenlange Einöden und aus Mangel an Aufmunterung öde liegende Gründe, durch elend kultivierte Wälder und Sümpfe zu reisen, verlassene oder sinkende Häuser und dünnbewohnte Plätze vernachlässigter Untertanen zu erblicken. Das Vergnügen, der Herr und Vater wohlhabender Bürger zu seyn, und sie dazu gemacht zu haben, Reichtum und Überfluss in ihre Städte gebracht zu haben, geht ihnen über alles, über alle Hoferfindungen und Belustigungen, womit man ihnen die Einsamkeit in grossen Palästen erträglich machen, und ihre Sorgen, oder vielmehr ihre Langweil, ihr Sattsein zerstreuen will. Überdies weis nur derjenige, der selbst Hand anlegt, was andere heben und tragen können, und der Bauer wird nie unterliegen, wenn der Herr, dem er dienet, gelernt hat, den Thau zu segnen und den Reif und Hagel zu fürchten.«

»Und so habe ich dann hier wieder einige Vorstellungen niedergelegt, nach denen es uns wieder weniger freysteht, zu bleiben, wie wir sind. Wo bist du Geist vaterländischer Eintracht, vaterländischer Unternehmung, alter Geist der Bayern! einst so einzig, so hoch erhaben in Deutschland, wo bist du?«

Indem Westenrieder sein bayerisches Jahrbuch dem ihm befreundeten Chr. F. Weisse in Leipzig übersandte, bemerkte er dazu, »dass er dasselbe unmittelbar für die Bedürfnisse seines Vaterlandes geschrieben, dessen sittlichen, gelehrten und öconomischen Zustand er, Weisse, darin erkennen werde. Manches möge ihm aber auch dunkel bleiben oder des freien Tones wegen auffallen, dessen er sich bedient habe, in Gegenwart des Churfürsten und der Herrschaften über Angelegenheiten zu schreiben, deren üble Beschaffenheit den Repräsentanten des Landes nicht zur Ehre gereichet. Aber Sie sollten nicht glauben, wie wenig das auf sich hat. Ich habe Dinge für uns gesagt, die allenthalben Aufsehen gemacht haben würden; hier antworteten die, welche dieselben vorzüglich hätten beherzigen sollen, entweder gar nichts, oder vielleicht: der Mann hat recht, und dann wars am Ende.«

Auch eine andere Sendung des Jahrbuchs begleitete
er mit der Bemerkung, dass er, obwohl er in Gegenwart
des Kurfürsten und des Hofes über die gegenwärtigen
Zustände mit aller bayerischen Freimütigkeit seine offen-
herzige Meinung sage, es noch nicht soweit gebracht
habe, dass man sich die Mühe gegeben hätte, ihm
Verdruss zu machen.

Es kann in der That überraschen, dass **Westenrieder** trotz der Kühnheit, womit er öffentliche Miss-
stände beleuchtete und selbst die Höchstgestellten mit
schlecht verhüllten Anklagen nicht verschonte, unange-
fochten blieb. Indes werden wir annehmen dürfen,
dass der Kurfürst selbst von dem Inhalt der bedenk-
lichsten Aufsätze keine Kenntnis gewann. Die wenigen
massgebenden Persönlichkeiten aber, die sich vielleicht
die Mühe nahmen, **Westenrieders** Schriften aufmerksam zu lesen und sich von seinen Pfeilen getroffen
fühlten, konnten Bedenken tragen, gegen den auch am
Hofe mit Achtung und Anerkennung genannten und vom
Kurfürsten selbst mit Gnaden behandelten Schriftsteller,
der noch dazu Zensurrat war, als Ankläger aufzutreten.
Hatte doch **Karl Theodor** frühere Werke **Westenrieders** aus des Verfassers eigener Hand entgegenge-
nommen und sich freundlich darüber ausgesprochen.

Weniger auffällig mag es erscheinen, dass, wie schon
angedeutet, in weiteren Kreisen das Interesse für
Westenrieders periodische Publikationen statt zu
wachsen, sich verringerte. »Ich werde, klagte er, meiner
Schriften wegen, wo ich immer von Herstellung der Sittlichkeit und von Anstrengung spreche, als ein Schwärmer
verlacht, oft auf das Empfindlichste mitgenommen.« Die
Menge liebte eben eine andere Kost, wie sie **Westenrieder** selbst in einer offenbar aus dem Leben gegriffenen,
beissenden Satire einmal geschildert hat.

Ein Buchhändler nämlich, welcher es müde geworden
ist, noch länger für gute Bücher, die in München ver-
faulen, während England, Frankreich und das nördliche
Deutschland gross darauf thun, Opfer zu bringen, fordert

einen geschickten Kopf auf, rasch eine Schrift anzufertigen, wovon ihm sechs Bogen nicht so viel Mühe machen, wie bei einem durchdachten Werke eine einzige Seite, wogegen ihn der Verleger in diesem Falle für einen Bogen besser bezahlen könne, als sonst für sechs andere. Es handelte sich um ein »Betrachtungsbuch ganz für den Geschmack des Publikums«. »Schildern Sie, so liess sich der Buchhändler vernehmen, diese Welt so gefährlich und verführerisch als möglich, lassen Sie mir darinn alles eitel und vergänglich, und der Mühe nicht werth seyn, dass eine andächtige Seele einen Fuss darum aufhebe. Nennen Sie den menschlichen Körper auf allen Seiten einen stinkenden Madensack, und erzählen Sie den Lesern, wie ihnen einst die Würmer auf dem Herzen, und im Angesicht, und durch die Nasenlöcher ins Hirn hinaufkriechen und alles durchfressen werden. Je grässlicher Sie mirs machen, desto besser. Vergessen Sie mir nur den kalten Todtenschweis nicht, der auf der Stirne der Sterbenden liegt, und lassen Sie mir fein nicht zu viele Weltleute in den Himmel kommen. Und darum heizen Sie ihnen nur recht ein. Nur recht viele feurige Kalköfen, siedende Ölkessel, feurige Stühle und Bettstätte, und Teufel mit Gabeln und glühenden Zwickzangen, womit sie den armen Verdammten die Nägel aus den Zehen langsam herausziehen. Die Hölle müssen Sie mit liederlichen Pfaffen, als die zuweilen ein Horam im Brevier wegliessen, pflastern, und das Uebrige füllen Sie mit delikaten Damen, fetten Domherren, Kavalieren, und Richtern an, die auf geistliche Bücher nicht viel hielten, und lieber Romanen oder andere verführerische Bücher oder gar nichts lasen; — wiewohl Bücher müssen Sie schon gar nicht sagen, sondern infame Scharteken, Piecen, Blätter und zierliche Wissenschaften. Schmähen Sie nur recht nachdrücklich wider die verführerischen Bücher, die izt herumgehen, dann wider die Freydenker und Freygeister, wider die Verfasser und besonders wider die Buchhändler, welche dergleichen Blätter hereinbringen, verlegen oder verkaufen. Ja, den Buchhändlern müssen

VI. Aus Westenrieders Freundeskreise: Ildephons Kennedy.

Sie mir in der Hölle einen besondern Schabernack anthun, wie nicht minder denjenigen, welche unter der hochwürdigen Geistlichkeit einige Reform vornehmen, und dadurch der Christenheit Aergerniss geben. Die Herren Geislichen erheben Sie über Könige und Kaiser und alle Potentaten der Erde ja über die Engel und über die seligste Himmelsköniginn. Bezeigen Sie mir recht vieles Mitleiden mit denselben, und trösten und sättigen Sie die frommen Seelen mit einer Vorherkündigung der schrecklichen Strafen, welche über solche Frevler kommen werden. Sie können dabei etlicher Erscheinungen am Firmament, als da sind Nordlichter, seltsamer Wolken und dergleichen, Erwähnung thun, oder auch sagen, dass eine Stadt in Afrika, Marcelona genannt, versunken sey. Nach allen diesem kommen Sie wieder auf die Seligkeit derjenigen zurück, welche diesen Gefahren der Verführung, diesem Abschaum und Auswurf der leidigen Welt bey guten Zeiten sich entzogen, auch sich mit dem anderen Geschlecht nicht abgegeben haben. Den Ehestand lassen Sie mir gleichwohl so passiren, so — (wie will ich gleich sagen?) als wäre es eine S., eine Frau zu haben etc. — — Nun machen Sie den Schluss, sagend, an allen diesen Lastern, Verbrechen, Ausschweifungen, neuen Aenderungen wäre niemand andrer schuld als die verdammte Bücher, das verdammte Witzeln, Spielen, Zuschnitzeln und Aufklären, das ewige Einrichten dessen, was bisher immer gut gewesen, das Komödienspielen, die Duldung, die Modeerziehung, das liederliche und müssige Leben der Vornehmen, die Schmutzigkeit und wechselweise Nachsicht der Obrigkeiten; darum wäre im altkatholischen Bayerlande, das jederzeit Gut, Leben und Blut bey so vielen Schlachten wider die Sarazener und Türken aufgeopfert, keine Gerechtigkeit, kein Glauben, keine Treue, keine Zusammenhaltung, in Summa Summarum, nichts.«

»Und so wurde, schliesst Westenrieder, diess Gemisch von Wahrheit und Unsinn vor ungefähr einem Jahr in einem Buch, das den Titel hat: An Verführer und Verführte, wirklich bestellt, und wie leicht zu erachten, binnen etlichen Tagen fertig gemacht. Die bereits vergrifne Auflage war zweytausend Exemplare stark, und wurde überdies noch zweimal nachgedruckt.«

Einen auch nur annähernd ähnlichen Erfolg konnte Westenrieder nicht ein Mal mit seinem grösseren Romane »Die Geschichte des edlen Jünglings Engelhof«, erzielen, soviel schwärmerische Empfindung und edle Gesinnung auch darin zum Ausdruck kommt, freilich in einer selten ganz reinen Sprache.

Historisch bedeutender ist jedenfalls das Büchlein: »Der Traum in drei Nächten.« Hier stellt der Verfasser dem Bilde, das die damaligen Zustände Bayerns boten, das Ideal gegenüber, das er in seinem heissgeliebten Vaterlande verwirklicht sehen möchte. Freimütig weist er auf die Punkte im öffentlichen und sozialen Leben hin, die eine weise Regierung ins Auge fassen sollte. Er handelt in seiner Art von Kunst und Gewerbe, von Luxus und Sittenpolizei, vom Gottesdienst und frohen weltlichen Festen, von Theater und Litteratur, vom Adel, von den Frauen und von Kindererziehung. Ich will nur einen Punkt herausheben, auf den der Verfasser die Aufmerksamkeit seiner Leser mit besonderem Nachdruck lenkt, nämlich die massenhaften öffentlichen Hinrichtungen, durch die der Staat, statt Verbrechen vorzubeugen, nur Roheiten und Verwilderung befördere.

»Wo man ein Gerichtshaus betritt, findet man Karbatsche, Ochsenzehne(!), Stricke, Ketten, Folterbänke, Zangen und wie viele der Erfindungen peinlicher Werkzeuge sein mögen, nichts von den grässlichen Kerkern zu gedenken. Auf allen Strassen hängen Menschenrumpfe, und man kann kaum einen mittelmässigen Ort betreten, der nicht seine Richtstatt und seinen Galgen hätte. . . Unser Volk ist an diese Schauspiele schon so sehr gewöhnt, dass sie buchstäblich zu dessen Freudenfesten gehören. Wer nur immer der Arbeit sich entziehen kann, der läuft nach der Richtstatt mit einer Begierde als gings zum Tanz. Sogar Frauenzimmer finden sich in Menge bei diesen Schauspielen ein, und es ist so weit gekommen, dass dies niemand mehr ahndet. Je grässlicher die Exekution ist, desto sehnsuchtsvoller lauft man und drängt man sich, um ja alles zu sehen. Und wer in seinem Leben keine Zeile gelesen hat, der liest das sogenannte Urteil und kauft das abscheuliche Kupfer. Das sind die Bibliotheken und Kunstsammlungen in manchem Hause. Ich habe zum Ruhme meines Vaterlandes in einer eigenen Abhandlung so viel Gutes geschrieben, als vielleicht keiner vor mir, hier will ich aber auch ein Mal die Wahrheit schreiben.« Westenrieder hatte in der Abhandlung, worauf er hinweist, vor allem den gesunden, noch unverdorbenen Kern, den er in seinem Volke wahrnahm, gepriesen, namentlich seine Frömmigkeit, Biederkeit und Festigkeit, seine Bedächtigkeit, neues nicht ohne lange Prüfung anzunehmen, die altdeutsche Duldung und den Mut, sich die Wahrheit sagen zu lassen. Gewiss gab Westenrieder auch der Wahrheit Ausdruck, wenn er mit Beziehung auf die Rolle, die Rad und Galgen in dem Gemütsleben der bayerischen Jugend damals spielten, sagt: »Was Kinder armer Eltern auf dem Lande von dem Augenblick an, wo sie eines Begriffs fähig sind, hören, sind Mordgeschichten und Geschichten der Blutgerichte. Sie haben darin ihre eigenen Ausdrücke und Gemälde, deren sich S h a k e s p e a r e nicht schämen dürfte. Dies giebt jungen Seelen eine gefährliche Stimmung, zumal wenn die Kinder heranwachsen, wie die Wilden im Walde. Was sie lernen (mechanisch nemlich), ist das Kreuzmachen und etliche Stücke des Dogma. Das übrige machen sie mit, ohne zu wissen wie, und ihre ganze Moral besteht in der Furcht, gerädert zu werden.«

Da kann nur eine bessere Erziehung und die frühe Gewöhnung an Arbeit bei einmütigem Wirken von aufgeklärten Geistlichen und weltlichen Beamten helfen.

Dass es nicht allein auf den Elementarunterricht, auf Lesen- und Schreibenlernen, so notwendig dies sein möge, sondern vielmehr noch auf die erziehende und bildende Wirksamkeit des Pfarrers in der Gemeinde ankomme, diesem gewiss richtigen Gedanken hat Westenrieder immer von neuem Ausdruck gegeben, unter anderem auch in seinem »Nachtrage« zu der anonymen Schrift seines Freundes Hueter über »den Verfall der Weltpriester«. Auch hier geht unser Schriftsteller, so ungern er von seinen Bayern übles aussagt, von der auf dem Lande herrschende Indolenz und Unkultur aus.

»Sie sollten kaum glauben, welcher Unterschied zwischen den Kenntnissen eines Bauern in Bayern und einem andern in den Ländern, wo der Ackerbau im höchsten Flor ist, und Handlungen und Manufakturen blühen, wie da der Landmann jedes Fleckchen zu benutzen sucht und immer auf neue Vortheile und Verbesserungen bedacht ist, . . . da indes ein harter Eigensinn, eine traurige Trägheit und eine sichtbare Niedergeschlagenheit in unsern Hütten wohnt.« Wie not thut es da, dass mit ganzem Ernst an dem Unterricht des Volkes gearbeitet werde, und zwar vorzugsweise mit Hilfe des Pfarrers, welcher, »wenn er der Sache kundig ist, aus seiner Gemeinde, was er will, machen kann.« Freilich müsste zuvor der Weltpriesterstand selbst besser als bisher gebildet und zu einer achtunggebietenden Stellung erhoben werden. Nicht länger soll man die jungen Geistlichen darben oder betteln, oder unter den Bauern verkommen lassen, während die Klostergeistlichkeit das Land beherrscht. In München seien, lässt sich der anonyme Autor sagen, 19 Klöster, deren Gebäude beinahe den vierten oder fünften Teil der Stadt einnehmen, und deren Bewohner alle ganz wohl leben; es wären allein acht Nonnenklöster in München, welche der Gemeinde beinahe nicht das Geringste nützten.

Noch kühnere Gedanken wagt Westenrieder in dem Anhange zu einem gleichfalls im Jahre 1782 ohne Bezeichnung des Verfassers und des Druckortes herausgegebenen Buche zu vertreten, das den Titel führt: »Dringende Vorstellungen an Menschlichkeit und Vernunft um Aufhebung des ehelosen Standes der katholischen Geistlichkeit.« In eingehender Weise wird hier das Eheverbot der Geistlichen nach Ursprung und Geschichte, nach seinen Beziehungen zu dem Zustande des Klerus, nach seinen moralischen und staatswirtschaftlichen Folgen erörtert und zuletzt der scheinbaren Einwürfe und Hindernisse, welche der Aufhebung der Priesterehe entgegenstehen, gedacht.

Westenrieder hat diesem merkwürdigen Buche, wie er uns in seinen Memoiren verrät, ein Schlusskapitel angefügt, worin er warm und eindringend, wenn auch schonend, noch einmal alle Gründe zusammenfasst, die sich gegen die von ihm als willkürlich bezeichneten Zölibatsgesetze geltend machen lassen. Er denkt hoch von dem Segen des Familienlebens und von dem sittigenden und bildenden Einflusse, den das Haus des verheirateten Pfarrers auf die Gemeinde üben würde; selbst Wissenschaft und Litteratur, Kunst und Industrie würden gewinnen, indem Talente aller Art von einem solchen Hause ausgehen würden.

Als Westenrieder seine Stellung zu der Frage des Zölibats nahm, war er kein unerfahrener und unbesonnener Jüngling mehr, sondern 34 Jahre alt. Dass damals auch verständige Männer eine so tief einschneidende Massregel, wie die Aufhebung des Zölibats für möglich hielten und im Hinblick auf Joseph II. in Anregung bringen konnten, begreift man, wenn man sich erinnert, welch eine mächtige Reformbewegung damals, gestützt nicht allein auf den Kaiser, sondern mehr noch auf hohe Würdenträger der Kirche durch das katholische Deutschland ging. Freilich gab Westenrieder selbst, als er das veröffentlichte Buch, welches er als ein »überaus merkwürdiges und kühnes« bezeichnet, dem ihm befreundeten Weisse, selbstverständlich unter Verheimlichung seiner Mitarbeiterschaft, übersandte, der Meinung Ausdruck, dass dasselbe vor der Zeit (»wahrscheinlich zur Unzeit«) erschienen sein werde; denn es müsse noch gar viel vorher gehen, wenn ein solcher Vorschlag gehört werden sollte. Und zehn Jahre später, als nach dem Austoben der französischen Revolution und der

Abkehr der Geister von den Anschauungen des achtzehnten Jahrhunderts unter Montgelas' Regiment in Bayern ein verspäteter Versuch mit der Durchführung Josephinischer Grundsätze auf kirchlichem Gebiete gemacht wurde, nannte Westenrieder nicht mit Unrecht einen Geistlichen, welcher in der Münchner Frauenkirche mehrere Sonntagspredigten zum Lobe der Priesterehe hielt, »einen rasenden Jüngling«. Darin aber ist er sich immer gleich geblieben, dass er Ehe und Kindersegen für eins der höchsten irdischen Güter hielt und den Mann bemitleidete, ja verachtete und sogar durch eine besondere Steuer gestraft wissen wollte, welcher ohne zwingenden Grund auf den Segen der Ehe verzichtete. Wer könnte ohne Teilnahme lesen, was der nahezu fünfzigjährige an den ihm befreundeten Landsmann P. P. H. Wolff in Leipzig schreibt: »Ich nehme den brüderlichsten Anteil an dem Glück, das Sie eine liebenswürdige Gattin finden, und zum Vater hoffnungsvoller Söhne werden liess. Ich ahnde, dass der Name Vater das Herz eines braven Mannes mit einem ganz eigenen Schatz von Empfindungen erfüllen, und Unternehmungen, die einem kinderlosen Mann schwer fallen, erleichtern muss. Sogar die Sorgen, mit welchen die Erziehung der Kinder verbunden ist, müssen ihre Vergnügungen und Freuden haben, welche den Geist stärken und ermuntern. Gott segne Sie demnach, und lasse Sie zum Urvater eines durch Vortrefflichkeiten aller Art berühmten Geschlechtes werden.« Und noch in den hundert Thesen, die Westenrieder im Jahre 1817 veröffentlichte, bezeichnet er »den Besitz einer guten Gemahlin und wohlerzogenen Kinder als den unstreitig freudigsten, herzerhöhendsten und ehrenvollsten Zustand, und die wonnevollste Glückseligkeit eines edelgearteten, rechtschaffenen und feinfühlenden Mannes.« Der Eheverächter dagegen gilt ihm als mit einer hässlichen Seelenkrankheit behaftet und der Verachtung seiner Mitmenschen wert.

DRITTES KAPITEL.

Westenrieder als Geschichtschreiber des bayerischen Volkes und der Akademie der Wissenschaften.

Seitdem die Akademie der Wissenschaften (1778) auch mit einer belletristischen Klasse ausgestattet war, gehörte Westenrieder, nach der Art seiner litterarischen Thätigkeit, dieser an. Zwei Jahre später trat er in die historische Klasse über, ohne, wie wir wissen, schon damals der Geschichte seine Kraft mit Vorliebe zu widmen. Auch im Jahre 1782, als der Kurfürst der Akademie den Auftrag erteilte, eine Geschichte von Bayern zum Gebrauch der Gymnasien in fünf für die einzelnen Klassen bestimmten Abteilungen zu schreiben, hielt die historische Abteilung noch nicht dafür, dass Westenrieder allein die ganze Arbeit übernehmen sollte; die Sammlung und Sichtung des Materials wenigstens sollte unter die Mitglieder verteilt werden. Erst als man sah, dass auf diese Weise nichts zu stande kam, übertrug man zu Anfang des Jahres 1783 die Ausführung des Werkes ihm allein, jedoch so, dass er seine Arbeit erst zwei anderen Mitgliedern zur Einsicht vorlege und dann in den ordentlichen Versammlungen stückweise vortrage.

Ungefähr um dieselbe Zeit hatte er auch den Auftrag übernommen, die Geschichte der Akademie zu schreiben. Man hätte nun denken sollen, beide Werke würden ihn auf Jahre hinaus gänzlich in Anspruch genommen haben, und dies umsomehr, weil er sich klar bewusst war, dass es in beiden Fällen gelte, das Beste zu leisten. Aber nicht allein, dass er, abgesehen von der Vollendung einzelner schon unternommener Arbeiten, der bayerischen Geschichte, als Einleitung in dieselbe eine »Erdbeschreibung pfalz-bayrischer Staaten« vorauszuschicken sich entschloss, sondern ihn beschäftigten, ehe er die Hauptwerke vollendete, noch mancherlei neue Arbeiten, Pläne und Bestrebungen, die von einer nie gesättigten Arbeitslust und einer unerschöpflichen Fruchtbarkeit des Geistes zeugen, zugleich aber auch beweisen, wie schwer es ihm geworden, die goldenen Worte: multum non multa, zu denen er sich als Greis bekennt, auf sich selbst anzuwenden. Freilich sagt er in seinen hundert Thesen aus dem Jahre 1817 »Viel und schnell arbeiten heisst gewöhnlich schlecht arbeiten«, und in der That nur einer ungewöhnlichen Schaffenskraft hatte er es zu danken, dass auf die von der Akademie ihm übertragenen Arbeiten das Prädikat »schlecht« am wenigsten eine Anwendung finden kann.

Während er für die beiden übernommenen Werke die ersten Vorbereitungen traf und die Erdbeschreibung der pfälzisch-bayerischen Staaten in Angriff nahm, beschäftigte ihn auch die »Beschreibung des Würm- oder Starenberger See und der umliegenden Schlösser« (1784), die er zu dem Zweck selbst in Augenschein genommen. Daran sollte sich eine Schilderung des ganzen Donauthales anschliessen. Freunde und Bekannte wurden aufgeboten, ihm Materialien der verschiedensten Art zu liefern, ehe er selbst an Ort und Stelle die lebhaft geplante Reise unternahm. Aus diesem Projekt wurde nun zwar nichts; ebensowenig aus einer Kunstgeschichte Bayerns, für welche er die Mithilfe der Klöster in Anspruch nehmen wollte; auch gelang es ihm nicht, einen

VII. Aus Westenrieders Freundeskreise: Peter von Osterwald.

auswärtigen Gelehrten zu finden, der bereit gewesen wäre, in eine freundschaftliche Fehde über Fragen der bayerischen Geschichte mit ihm zu treten, und zwar lediglich zu dem Zweck, dadurch das Interesse des Publikums für die Geschichte wachzurufen. Dagegen verschmähte er selbst es nicht, trotz aller Arbeitslast, die er sich auferlegt, für das in Kehl erscheinende »Magazin für Frauenzimmer« kleine Beiträge zu liefern und zugleich für die Verbreitung des Journals in München zu sorgen. Nur das Ansinnen des Herausgebers des »Pfälzischen Magazins«, für ihn in ein paar Wochen das Leben Albrecht Dürers zu verfassen, glaubte er ablehnen zu müssen, da er, wie er am 24. Februar 1783 schreibt, »beynebens zu so vielen anderen literarischen Arbeiten, welche alle dieses Jahr gedruckt werden sollen, verbunden« sei, dass ihm wahrlich vor Müdigkeit der Kopf nach dem Herzen sinke. »Ich kann mir nicht versprechen, dass ich binnen der kurzen Zeit zu jener Heiterkeit und starken Lust der Seele gelangen werde, womit derjenige begeistert seyn soll, der es auf sich nehmen will, dem Albrecht Dürer ein würdiges Denkmal zu setzen. Ich sehe es wohl im Geiste, und ich fühle auch, wie sehr es mich freuen würde, selbes vollendet zu haben.« Er wirft die Frage auf, ob es nicht bis zum nächsten Winter Zeit habe!

Als Westenrieder so schrieb, trug er sich mit dem uns kaum begreiflichen Gedanken, dass die bayerische Geschichte schon im nächsten August unter die Presse kommen könnte, und im Mai desselben Jahres liess er sich, mehr als kühn, vernehmen, dass er in etlichen Wochen die Geschichte der Akademie zu vollenden hoffe, ein Werk, »das die guten Bayern den Ausländern ehrwürdig machen«, ja das »ein Denkmal aere perennius« werden solle. Nun hat zwar Westenrieder nicht schon 1783 die Geschichte der Akademie herausgegeben, wohl aber ist der erste Band 1784, und Ende desselben Jahres auch der erste Band der Geschichte von Bayern für die Jugend und das Volk erschienen; im September 1785 folgte dann der zweite Band dieses Werkes, und ehe das nächste Jahr zu Ende ging, lag auch eine »Geschichte von Bayern zum Gebrauch des gemeinen Bürgers und der bürgerlichen Schulen« in einem Bande vor.

Das beste dieser Werke ist zweifellos der erste Band der Geschichte der Akademie, welcher bis zum Ende der Regierung des Kurfürsten Max Joseph III. reicht. Der zweite, die Zeit von 1778—1800 umfassende Band, den der Verfasser ebenfalls bald darauf, wie es scheint, in Angriff nahm, wurde aus nahe liegenden Gründen erst nach Karl Theodors Tode herausgegeben. Wenn man weiss, dass heute noch, nach Ablauf von mehr als einem Jahrhundert, dies Werk in voller Geltung besteht, und eine Fundgrube des sichersten Wissens für jeden bildet, der die Jugendzeit des ruhmvollen Institutes kennen lernen will, so muss man zugestehen, dass die oben angeführten stolzen Worte unseres Autors nicht leere Prahlereien geblieben sind.

Eine auch nur annähernd ähnliche wissenschaftliche Bedeutung lässt sich den beiden Büchern über bayerische Geschichte nicht beilegen. Während Westenrieder die Geschichte der Akademie, die vor seinen Augen entstanden war, und in deren Mitte er lebte und wirkte, mit voller Beherrschung des Stoffs zu schreiben vermochte, konnte er seine Kenntnis der vielhundertjährigen Geschichte Bayerns nur aus mangelhaften Hilfsmitteln schöpfen. Aber bei aller Unsicherheit in den Thatsachen und aller Anfechtbarkeit mancher Urteile und Anschauungen hat er doch auch diesen beiden Werken einen nicht gewöhnlichen Wert zu verleihen vermocht und zwar durch sein pädagogisches Geschick und seine Gabe warmer volkstümlicher Darstellung. Auch ist es ihm gelungen, die Klippen, die gerade damals dem Darsteller der bayerischen Geschichte drohten, möglichst zu umgehen und in einem Werke, dessen Zensur sich Karl Theodor selbst vorbehalten — das gilt von der Geschichte für die Jugend und das Volk — so viele freimütige Bemerkungen einzustreuen, als gelegentlich anzubringen waren. Endlich kam es dem Verfasser vor allem zu statten, dass die damalige Litteratur nichts aufzuweisen hatte, was auch nur den dürftigsten Anforderungen an eine lesbare und populäre Geschichte Bayerns genügte. Wie Westenrieder schon in dem »Traum der drei Nächte« bemerkt hatte, musste man bis dahin, wenn man etwas wissen wollte, Folianten durchlesen, »um am Ende so klug zu bleiben, wie zuvor«. Man könne, so sah er richtig ein, den Kopf voll wissenschaftlicher und geschichtlicher Nachrichten haben, ohne auch nur einen Funken von jener Kraft, »welche aus Trümmern ein Ganzes zu bauen weiss«, zu besitzen. »Einige glauben, je älter und dunkler die Sache ist, desto verdienstlicher wäre sie schon an sich selbst, und wenn sie etwa durch einen glücklichen Zufall entdecken, dass an einem Ort, wo heute ein Schloss steht, vor uralten Zeiten einmal ein Pferdestall gestanden, so ist ihr Stolz ohne Grenzen«. Nicht höher als die dunkle Urgeschichte, schätzte Westenrieder die nackte Fürstengeschichte oder die Geschichte der Kriege und Eroberungen. Ihn verlangte nach einer lebensvollen, mit dichterischer Kraft geschriebenen Darstellung der Volksgeschichte, »einer Geschichte für den Geist und das Herz, einzig aus der Absicht verfasst, dem Verstand etwas zu sagen, und durch eine lebhafte Schilderung des Spiels grosser Leidenschaften in den Seelen der Leser grosse Leidenschaften aufzuwecken«. Mochte auch die eigene Leistung hinter solchem Ideale, das dem Verfasser vorschwebte, zurückbleiben, so verdiente doch namentlich das für die Gymnasien bestimmte Buch als die erste wissenschaftliche und zugleich volkstümliche, lebendig geschriebene Geschichte Bayerns die günstige Aufnahme, die dasselbe weit und breit fand. Auch norddeutsche Kritiker erkannten die Vorzüge des Werkes an, obwohl neben der Ungründlichkeit der Forschung namentlich die Art, wie sich der früher als aufgeklärt gepriesene Autor über kirchliche Fragen ausgesprochen hatte, nicht ungerügt blieb. Um so wärmer klangen die Lobsprüche, die man dem Verfasser in München erteilte, und um so grösser war hier der Wetteifer, der Anerkennung und Dankbarkeit auch durch sichtbare Zeichen Ausdruck zu geben.

»Den 6. Februar,« so berichtet Westenrieder schlicht und einfach, »bekam ich die goldene Medaille, welche die Akademie den 31. Jänner mir zugedacht hat, in die Hände.«

»Den 10. März, gab mir Strobel, mein Portrait en medaillon von Schäufeln gearbeitet.« Während auf der einen Seite der Medaille Westenrieders Bild eingegraben war, befand sich auf der anderen ein

Medaille auf Westenrieder (1786).

»offenes Buch in Wolken mit der Posaune des Rufes«. Dazu kam noch gegen Ende des Monats eine Denkmünze, welche die Landschaft dem viel Gefeierten verehrte, und am 5. April endlich liess der Magistrat der Stadt München ihm drei silberne Medaillen überreichen samt einem Briefe, worin es hiess, »dass ihm der Magistrat mehr geschickt haben würde, wenn die Kassen der Stadt nicht erschöpft wären.« »Auf der einen Seite,« sagt Westenrieder, »sieht man die Stadtwappen. Oben steht: Der Magistrat 1785. Auf der anderen Seite ist eine Pyramide, worauf die Worte stehen: dem guten Bürger. In der Entfernung sieht man die Stadt München.«

Es konnte kaum fehlen, dass die allgemeine Anerkennung, welche Westenrieder als Geschichtschreiber fand, auch auf seine äussere Lebensstellung und seine ökonomischen Verhältnisse vorteilhaft einwirkte. Seit dem Jahre 1779 war er ohne ein Amt, das ihm zu dem Pensionsgehalte von 500 Gulden hinzu eine weitere regelmässige Einnahme gesichert hätte; denn als Zensurrat bezog er keine Besoldung. Als er sich dann für jene Pension mit einem Benefizium hatte abfinden lassen, das nach seiner Aussage höchstens 400 Gulden eintrug, durfte er klagen, dass er kein sicheres Einkommen, von dem er leben könnte, habe. Nur die für jene Zeit allerdings nicht unbeträchtlichen Honorare, die er für seine massenhafte Schriftstellerei bezog, setzten ihn in Stand, bei äusserst sparsamer Lebensweise auch noch für Bücher, auf deren Erwerb er von jeher eifrig bedacht war, Geld auszugeben und anderes sogar verzinslich anzulegen. Verglich er seine ökonomische Lage mit der anderer Staats- oder Kirchendiener, oder hörte er gar, dass der von Joseph II. nach Wien berufene Historiker Schmidt jährlich 4000 Gulden bezog, so durfte er sich mit Recht über Zurücksetzung beschweren. Mit Bitterkeit bemerkt er, dass er nicht einmal so gut wie ein mittelmässiger Schauspieler gestellt sei; ja, er klagt wiederholt, dass er, als er im Auftrage der Akademie die Geschichte von Bayern schrieb, nicht einmal die Mittel gehabt habe, sich während eines harten Winters gegen die Kälte zu schützen und bei einem hartnäckigen Fussleiden sich einen Arzt zu halten.

Müssen wir diese Klagen auch als übertrieben ansehen, so werden wir doch das Verlangen, vor Sorgen und Entbehrungen in Zukunft geschützt zu sein, für berechtigt anerkennen.

Der Wunsch, seine finanzielle Lage zu verbessern, war sicher auch einer der Gründe, warum sich Westenrieder seit dem Jahre 1783 wiederholt und eifrig bemühte, eine akademische Professur der Geschichte mit dem Auftrage zu erhalten, wöchentlich ein öffentliches Kolleg für junge Adelige und andere, die keine öffentliche Schule besuchten, gegen einen lebenslänglichen Gehalt zu lesen. Daneben erwog er den grossen Nutzen, den er sich nicht allein für den Adel, sondern für das ganze Land von seinen Vorlesungen versprach. Er zweifelte nicht, dass es ihm gelingen werde, unter seinen Schülern Kenner und Gönner der Wissenschaften heranzubilden, und wenn er auch nur alle Jahre ein halbes Dutzend solcher Leute gewänne, wie gross und mächtig müsse nicht binnen etliche Jahre der Gewinn sein. Daher sein Unmut, als er das erste Mal mit seinem Anliegen abgewiesen wurde. Zornig schrieb er in sein Tagebuch: »Ich glaube, mein Vorschlag war sehr gut und uneigennützig; man hatte sich zu schämen, mir meine Bitten abzuschlagen, und hatte sich wieder zu schämen, sie mir zu gewähren, weil sie so gering waren. Ein Professor Historie für die Adligen und sein Gehalt 200 Gulden; was zieht nicht ein Gaukler, ein Sänger!«

Erst im Herbst des nächsten Jahres, als eben der erste Teil der bayerischen Geschichte vollendet war, wurde ihm durch Ernennung zum Schulrat wenigstens der Beweis gegeben, dass man seine Verdienste um die Geschichte an entscheidender Stelle zu würdigen anfing. Freilich trug das neue Amt ihm ebenso wenig ein, wie das alte; aber es konnte ihm eine gewisse Befriedigung gewähren, wenn in dem Dekret vom 6. September 1784 neben seinen guten Kenntnissen im Schulfach und seinen vielfältigen Druckschriften besonders seine Vaterlandsgeschichte für die Jugend mit Anerkennung erwähnt wurde.

Die Ernennung Westenrieders zum Schulrat war noch nicht vollzogen, aber schon beschlossen, als ihm auch ein anderer, lange und sehnlichst gehegter Wunsch in Erfüllung ging. Von jeher zeichnete ihn ein lebhafter Trieb, Land und Leute kennen zu lernen, aus. Er war ein warmer Freund der Natur und überaus empfänglich sowohl für ihre grossartigen Erscheinungen, als für die Sprache, welche die Blumen und Blüten des Frühlings reden. Vor allen aber erregten sein Interesse das Leben, Reden und Thun der Menschen in jeglicher Lage. Wie hätte es ihn nun nicht drängen sollen, auch einmal über die Grenzen des engeren Vaterlandes hinauszukommen und grössere Reisen zu unternehmen? Eine Weile trug er sich mit der Hoffnung, Leipzig, seine Universität, seinen Buchhandel und seine Schriftsteller kennen zu lernen; aber aus eigenen Mitteln hätte er das nicht vermocht, und andere fanden, wie er 1783 klagt, es nicht der Kosten wert, ihn auf Reisen zu schicken. Da sollte ihm unvermutet im Juli 1784 die Freude werden, dass er mit einem höheren Staatsbeamten nach Lüttich gesandt wurde, um den Studienplan der dortigen »Englischen Akademie« kennen zu lernen. Obwohl die Reise mit grosser Eile vor sich ging und nicht ganz drei Wochen dauerte, so verschaffte sie ihm doch Genuss und Anregung. Schon »das schöne Würtemberger Land« gewährte ihm »einen unerwarteten Anblick, indem man, wo das Auge sich hinwendet, etwas wachsen und blühen und den Fleiss thätiger Menschen« sieht. Als er vollends nach Göppingen kam, »die Stadt, voll Manufactoristen und Kaufleute«, glaubte er in ein Feenland gekommen zu sein. Die Reise ging weiter über Speier, Worms, Mainz, den Rhein hinab, wo die Schönheiten der Natur ihm »unbeschreiblich« erscheinen. Als er aber endlich über Aachen nach Lüttich gekommen, ward ihm »plötzlich, als wäre er am Ende der Welt.« So sehr erschrak er über das Gewühl des zerlumpten, die Fremden anbettelnden Volks, das die engen schmutzigen Strassen ausfüllte, während sich in der Stadt an 160 prächtige Tempel nebst den schönsten Klöstern und Abteien und eine Menge von keineswegs ärmlichen Geistlichen fanden. Diese scharenweise auf den Bänken der Allee müssig sitzen oder spazieren gehen zu sehen, war ihm, gegenüber dem Elend des Volkes, ein überaus schmerzhafter Anblick. Wie viel schöner dünkte ihm da sein geliebtes Bayerland mit seinem frischen, stattlichen

Volke und »wenigstens einigen Anstalten, welche der Aufklärung vorhergehen«. Auch das entging seiner Wahrnehmung nicht, dass »je weiter von Bayern entfernt, das Trinkwasser um so schlechter wurde.« Ja, es war ihm sogar aufgefallen, »dass ausser Bayern kein Postillon blasen könne, wie in Bayern.«

»Wollte Gott, diese Reise, gleich wie sie meine erste war, wäre nicht meine letzte gewesen«, schrieb er nach seiner Rückkehr. Aber abgesehen von wiederholten Badereisen nach Gastein, die in sein höheres Alter fallen, blieb es ihm versagt, Reisen ausser Landes zu machen, und selbst von seinem engeren Vaterlande lernte er, ehe er als geistlicher Rat häufig zu Prälatenwahlen abgeordnet wurde, nur die München nähergelegenen Teile Oberbayerns aus eigener Anschauung genauer kennen. Grössere Reisen würden ihn von manchem Vorurteil gegen das Fremde geheilt und vor der Überschätzung des Heimischen, welche in seinen späteren Schriften schärfer noch als in den früheren zum Ausdruck kommt, bewahrt haben.

Im Jahre 1785 unterstützte endlich die Akademie nicht allein die Bemühungen Westenrieders um einen öffentlichen Lehrstuhl der Geschichte auf das bereitwilligste, sondern sie schlug auch dem Kurfürsten zugleich vor, ihn zum Landeshistoriographen zu ernennen. Dass Karl Theodor dem einen wie dem anderen Antrage unter nichtigem Vorwande die Genehmigung versagte, empfand er als eine Demütigung. Auf den Titel des Historiographen zwar hätte er gern verzichtet, erinnerte er sich doch, dass der von Karl VII bestellte Reichshistoriograph Lang vor nicht langer Zeit in der Haupt- und Residenzstadt München buchstäblich verhungert war. Auch die in Aussicht genommene Pension, welche die Landschaft Westenrieder zahlen sollte, gab er bereitwillig preis, nachdem die Akademie sich erboten, ihm jährlich 300 Gulden aus ihren Mitteln zu gewähren. Aber dass ihm das Amt eines öffentlichen Lehrers vorenthalten blieb, schmerzte ihn noch lange, während er mit seiner finanziellen Lage umsomehr zufrieden sein konnte, als ihm auch von den

VIII. Aus Westenrieders Freundeskreise: Gerhoh Steigenberger.

Maltesern jährlich 200 Gulden zugesichert wurden, so dass er am Ende des Jahres 1785 ansehnliche Einnahmen in seinem Tagebuche verzeichnen konnte. Im folgenden Jahre liess sich endlich auch der Kurfürst bereit finden, ihm eine Gunst zu erweisen, freilich keineswegs etwa zu dem Zweck, dass Westenrieder zu weiteren historischen Arbeiten ermuntert werde. Es war vielmehr schon dahin gekommen, dass der Kurfürst die historische Klasse aufheben oder mit der Mannheimer Akademie vereinigen wollte, indem man ihm, wie Westenrieder zu seinem Entsetzen erfuhr, beigebracht hatte, »es sei gefährlich und es gebe nur zu Uneinigkeiten Anlass, wenn man die vaterländische Historie zu sehr bearbeite«. Dagegen wurde der Geschichtschreiber zum kurfürstlichen, »wirklichen frequentirenden geistlichen Rath« erhoben und ihm in dieser Eigenschaft eine Besoldung von 200 Gulden zugesichert. »Ich habe also, notiert Westenrieder am 9. November, von dem heutigen Tage an gewisse tausend Gulden Einkünfte, eine Summe, welche ich nur zuweilen, im höchsten Unmut, von Stolz halb und schüchtern gewünscht habe. Deo Gratias! Deo Gratias! Deo Gratias!«

Wer hätte dem wackeren Manne die Genugthuung, welche er über die Sicherstellung seiner finanziellen Lage empfand, nicht gönnen mögen. War doch bis dahin sein Leben freudelos genug verlaufen. Wie oft hat er geklagt, dass er in seinen besten Jahren über seinen Arbeiten »sehr alt geworden«; er werde an das Ende seines Lebens kommen, ohne zu wissen, dass er gelebt habe. Er durfte das kleine Zimmer, hoch oben im Hause Sabbadini an der Kaufingerstrasse, von wo er den die Frauenkirche umgebenden Friedhof überschauen konnte, als seine Einsiedelei bezeichnen. Dort lebte er, wie abgeschieden von der Welt, nur der Arbeit und überliess sich in nächtlichen Stunden nicht selten der Schwermut und den Thränen. Schmerzlich empfand er die Vereinsamung. Seine liebsten Freunde, wie der geistreiche Bucher, der liebenswürdige Hueter, der immer lustige Nagel, waren

Westenrieders Wohn- und Sterbehaus (Sabbadinihaus) in der Kaufingergasse in München.

nur vorübergehend in seiner Nähe. Für den Mangel an vertrautem Umgang bot der Briefwechsel nur geringen Ersatz, und während der angestrengten litterarischen Thätigkeit ruhte er nicht selten ganz. Aber wie warm sein Herz auch für die Abwesenden schlug, wie innig er Leid und Freud mit ihnen teilte, sieht man aus mehr als einem der uns erhaltenen Briefe. Im arbeitsvollen Jahre 1783 verschmähte er es sogar nicht, einem abwesenden Freunde Vermittlerdienste bei der Bewerbung um die Hand einer jungen Dame zu leisten. Und der Briefwechsel, den er darüber mit jenem führt, zeigt uns den einsamen, schon als mürrischen Sonderling bekannten Gelehrten nicht allein von seiten seines zart empfindenden Herzens, sondern auch als einen feinen Kenner der Frauennatur.

Als Westenrieder dem abwesenden Freunde ein günstiges Resultat seiner Vermittelung melden konnte, berechnet er die Stunde, wo die ersehnte Botschaft den Beglückten erreichen werde. Dann möge er irgend einen Rasen aufsuchen, um Thränen der Freude zu weinen. Wäre er bei ihm, so würde er es mit ihm thun.

»Wenn man jemals«, heisst es in einem späteren Briefe, »empfunden hat, was Liebe ist, so soll man ja wissen, wie sorgfältig man jede langsame Stunde zähle, wo man etwas, das dem Herzen Trost geben soll, zu erfahren hoffet, und wie man bei Tag und Nacht sich abgräme, zumal wenn man niemand hat, dem man sein Anliegen klagen kann. Wenn Sie mich glücklich preisen, liebster Freund, dass ich diesen Zustand nicht kenne (Sie werden einst als Vater diesen Glückwunsch zurückrufen): so besitze ich doch ein Herz, welches jeden Menschen zur Zeit, wo selber diesen Zustand leidet, auch wenn er nicht mein Freund wäre, bedauern kann.«

Da der Freund über Schweigsamkeit und Zurückhaltung klagt, so rät Westenrieder, nun auch eine Zeit lang nicht zu schreiben. »Wenn ich nicht sehr irre, so ist dies die beste Arznei, weibliche Herzen von übertriebenen Delikatessen zu heilen, dass man sich anstellt, als wenn man ihrer nicht achtete. Diese Dinger, die ebenso sehr zu unserer Pein, als zum Vergnügen unseres Lebens dienen, sind nun schon so. Wenn sie sehen, dass man sie an einem Seile festhalten will, damit sie einem nicht entkommen, so werden sie stolz und übermütig und laufen mit einem über Gräben und Zäune und durch Bäche und Gesträuche, setzen sich nieder, wo sie hurtig gehen, und galoppieren, wo sie ausruhen sollen, und der arme Liebhaber muss, von Angst und Schweiss überronnen, nachlaufen und froh sein, wenn die liebe Wilde sich bisweilen schalkhaft umsieht und ihn auslacht; aber man lasse sie nur los, und stelle sich einige Augenblicke, als wäre einem gleichgiltig, wo sie hinziehen: so kommen sie bald von selbst und gehen um einen herum und wollen sich fangen lassen. An diese Regel würde ich mich in Ihren Umständen halten, so viel es mich auch kosten möchte, und vielleicht (wie wol ich freilich nichts davon verstehe) würde ich mich nicht betrügen.«

An einer andern Stelle endlich warnt Westenrieder den Freund, der Geliebten nicht zu gestehen, wie gross die Gewalt sei, die sie über ihn habe, sondern immer eine gewisse Mässigung zu beobachten. »Ja, wenn wir immer dieselben blieben, ja bleiben könnten. Aber der lieblichste Gesang ermüdet uns in die Länge und (ich habe dem Ding zugesehen, liebster Mann) das Flämmlein der Liebe ist zart, und die Nahrung ist kostbar, wodurch es ernährt wird.«

Von besonderem Reize sind die wenigen uns erhaltenen Briefe, die Westenrieder an gebildete Frauen gerichtet hat, bald um zu raten und zu trösten, bald nur um Versicherungen treuer Freundschaft zu erwidern. In dem Briefe an eine ihm seit Jahren befreundete adelige Dame erwidert er (1780) auf die Bemerkung, dass er sie vergessen zu haben scheine. »Ich gestehe es, bey meinem einzigen Vergnügen, das ich habe, zuweilen an meine abwesenden übriggebliebenen wenigen Freunde zu denken, thut mir diess sehr wehe, und ich hoffe, Sie werden diess nicht im Ernste gemeynt haben. Einst hatte ich so viel Vergnügen am Briefschreiben, und jetzt sitze ich düster und betrübt in meiner Einsiedeley, lese und schreibe (nur keine Briefe), bis ich müde bin, und belohne mich dann damit, dass ich manche halbe Nacht hindurch traure und weine.«

So unmännlich weichlicher Stimmungen wurde der Arbeitseifrige Herr, doch krankhafte Züge blieben seinem Gemüte immer eigen. Vor allem ein etwas überreiztes und daher selten befriedigtes Werthgefühl bei einem starken Anflug von Schwermut. Er lernte früh die Welt gering schätzen, für die zu wirken er doch als das höchste Glück seines Lebens betrachtete, und je mehr er seine Kräfte überanstrengte und dem Geiste wie dem Körper die notwendige Erholung versagte, desto unaufhaltsamer entwickelte sich die Anlage zur Hypochondrie. So konnte er zu dem 10. März 1786, als ihm sein Verleger sein Porträt in Silber überreichte, in seinem Tagebuche notieren, er habe beim Empfang und Anblick dieser Medaille nicht die geringste Anwandlung von Freude verspürt; »so wenig rührt mich jetzt alles, was ausser mir ist.« Noch einen anderen, ähnlichen Zug berichtet er von sich selbst aus den Tagen, wo er mit Ehren überhäuft wurde. Er war im Konzertsaal unbemerkt Zeuge einer Unterredung, die ein hochgestellter Herr mit einem Fremden über die bayerische Geschichte führte, und hörte von seinem Buche rühmen, dass es sich wie ein Roman lese und doch aufs strengste an die historischen Data sich halte. Dem Zuhörenden selbst fiel es auf, wie gleichgiltig er dabei blieb. »Bei all den ungeheuchelten Lobsprüchen, die ein verständiger Mann meiner Arbeit ertheilte, kam kein Tropfen Bluts in meinem Herzen in Bewegung. Es war nur ein paar Mal, als wollte sich eine Sehne, welche für die Eindrücke der Freude empfänglich ist, in mir regen; aber sie liess mich nur unmerklich fühlen, dass sie einst vorhanden gewesen und bereits ausgetrocknet ist. Ich blieb in einem Augenblick, wo meiner Eitelkeit im höchsten Grade geschmeichelt wurde, undankbar und tot. Stündlich wächst meine Geringschätzung aller menschlichen Dinge, und oft däucht mir, es lohne sich nicht der Mühe, diess und jenes zu unternehmen oder nur anzuhören.«

Durfte man hoffen, dass solche Stimmungen, die den noch nicht Vierzigjährigen beherrschten, in der zweiten Hälfte des Lebens weichen und unserem Geschichtschreiber gestatten würden, sich jener Freiheit und Frische des Geistes zu erfreuen, ohne welche Meisterwerke nicht entstehen? Es hätte wohl weder des schmerzhaften körperlichen Leidens, das Westenrieder nahe bevorstand, noch des schweren Kummers, den dem Patrioten die unglückseligen späteren Jahre der Regierung Karl Theodors bereiten sollten, bedurft, um es ihm trotz aller Begabung schwer zu machen, in den vier Dezennien, in denen ihm zu wirken noch beschieden war, als Schriftsteller von Erfolg zu Erfolg zu steigen und einen Platz unter den Klassikern der deutschen Litteratur einzunehmen.

VIERTES KAPITEL.

Westenrieder in den späteren Jahren der Regierung Karl Theodors 1787—1799.

BIS um die Mitte der 8oziger Jahre hatte Karl Theodor, trotz aller Mahnrufe, die mönchische Kanzelredner gegen die zunehmende Freigeisterei erhoben, nicht vollständig mit der Richtung gebrochen, welche die Regierung seines Vorgängers eingeschlagen hatte. Erst nach der Entdeckung des Illuminatenordens und nach der Auffindung der »Originalpapiere«, die über die sträflichen Bestrebungen der Oberen des Geheimbundes Aufschluss gaben und vor allem den Stifter Weishaupt kompromittierten, gelang es Männern, wie dem übelberufenen Beichtvater Pater Frank und dem bösen Rat Lippert, den Kurfürsten mit so blinder Furcht vor allem, was mit dem gestürzten Orden irgendwie in Verbindung gebracht werden konnte, zu erfüllen, dass es zu den gehässigsten Verfolgungen kam. Nach dem Ausbruch der französischen Revolution warf sich der um Thron und Leben bangende Selbstherrscher vollends in die Arme der nichtswürdigsten Günstlinge. Dass diese nebenbei sich und ihren kurfürstlichen Herrn in schamloser Weise zu bereichern strebten, vermehrte nur die Leiden des Landes. Jede freimütige Äusserung über kirchliche oder weltliche Dinge brachte Vermögen,

Freiheit, wenn nicht sogar das Leben in unmittelbare
Gefahr. Ganz Bayern erfüllte sich mit Furcht und Schrecken,
während das Ausland seinen Spott und seine Verachtung
über das despotische Pfaffenregiment ergoss und, indem
es die Regierenden geisselte, auch die Regierten nicht
immer verschonte. Wie hätte Westenrieder nicht
trauern und zürnen sollen? Indes richtet er seinen
Unwillen weniger gegen den schwachen, missleiteten, aber
im grunde gutmütigen Fürsten als gegen seine unnütze
Umgebung, gegen den Hofadel, den er als eben so roh,
wie servil schildert, und besonders gegen die Pfälzer oder
Mannheimer, von denen er in seinen Memoiren nicht
schlimmes genug zu sagen weiss. Sie sind ihm Menschen
ohne Religion und Sittlichkeit, ohne jeglichen Sinn für
Litteratur und höheres Streben, bedacht nur auf Wohl-
leben und Liederlichkeit. Unter den bayerischen Räten
aber erregt der allmächtige und gefürchtete Lippert seinen
hellen Zorn. Er nennt ihn, der alles unter dem Scheine
des Religionseifers thue und doch selbst die Geistlichkeit
hartherzig bedrücke, ein Untier, einen grausamen Inqui-
sitor, einen bayerischen Robespierre.

In dieser beklagenswertesten Epoche der neueren
bayerischen Geschichte hatte Westenrieder als Mitglied
der obersten Schulbehörde die undankbare Aufgabe, der
Verwüstung entgegen zu wirken, welche in dem kaum
erst organisierten deutschen Volksschulwesen eintreten
musste, als jeder Freund der Schule als heimlicher Illuminat verdächtigt wurde und geistesträge, mönchischgebildete
weltliche Beamte mit dem grösseren Teil des Klerus in
der Verachtung aller Bildungsinteressen wetteiferten. Er
wurde zwar nicht müde, soweit sein Einfluss reichte, den
Bestand der Schulen gegen die hereinbrechende Zerstörung zu verteidigen, und war auch so glücklich, in dem
obersten Schulkollegium wiederholt gutgemeinte Verordnungen durchzusetzen, denen die kurfürstliche Genehmigung nicht versagt wurde, weil die herrschende Clique
es nicht der Mühe wert hielt, um die niederen Schulen
sich zu bekümmern, oder weil beredter, als alle Vor-

IX. Aus Westenrieders Freundeskreise: Ferdinand Sterzinger.

stellungen, die furchtbar überhand nehmende Verwilderung des Volkes für die Notwendigkeit eines besseren Jugendunterrichts sprach, nachdem alles Rädern und Köpfen im Sinne von Kreittmayrs Kriminalgesetzen sich als fruchtlos erwiesen hatte. Aber was halfen alle Verordnungen der obersten Schulbehörde, was die Aufstellung von besonderen Schulinspektoren, wenn Pfarrer und Beamten solcher Veranstaltungen spotteten und diejenigen, die sich der verlorenen Sache annahmen, sogar vor Misshandlungen nicht sicher waren? Nur hie und da gelang es, mit Hilfe hochsinniger und opferbereiter Männer, woran es auch damals nicht ganz fehlte, Erfolge zu erzielen: aber im ganzen war es nur Rückschritt und Verfall, was Westenrieder auf dem Gebiete des Volksschulwesens zu einer Zeit wahrnahm, wo auch von den mittleren und höheren, den Klostergeistlichen anheim gefallenen Lehranstalten noch weniger Licht als einst von den Jesuitenschulen ausging. Ihn konnte das alles nach seinen eigenen Worten nur mit unaussprechlicher Wehmut erfüllen.

Westenrieder gehörte auch dem Zensurkollegium an, ohne die thörichten Ausschreitungen hindern zu können, zu denen jene berüchtigt gewordene Behörde sich fortreissen liess. War es früher ihr Verdienst gewesen, das Land vor der Überflutung mit abergläubischen und mehr der Superstition, als der Erbauung dienenden Mönchschriften zu bewahren, so konnten die besseren unter den Zensurräten jetzt nicht mehr verhüten, dass in ganz Deutschland gepriesene Schriften in Bayern verboten wurden. Westenrieder besuchte das »Narrenkollegium«, wie er es einmal nannte, so selten als möglich, und hatte sogar den Mut, Schriften, die ihm zum Referat zugewiesen waren, dem Direktor Schneider zurückzuschicken, weil er, wie er dazu schrieb, »bei der gegenwärtigen Verfassung, nicht wisse, ob zwei und zwei wirklich vier sei, und weil er wegen seines Verhaltens in Zensursachen sich keiner heimlichen Anklage aussetzen wolle«. Als aber dem Zensurkollegium mit Rücksicht auf die in

Wirtshäusern und anderswo geführten ärgerlichen Gespräche sogar zugemutet wurde, auch über die Reden und Sitten zu wachen, da war er unter denen, welche lieber mit ihrem Rücktritt drohten, als so Unsinniges zu beschliessen.

In den Jahren, wo Westenrieder so schwer an dem Unglück und der Schande seines Vaterlandes trug, wurde er auch von körperlichen Leiden in einer, man möchte sagen, grausamen Weise heimgesucht. Er litt noch an den Folgen eines hartnäckigen Fussübels, als sich, es war um die Mitte der siebenziger Jahre, die Vorboten des Kinnbackenkrampfes (trismus) einstellten, der Westenrieder, wenn auch mit Unterbrechungen und in späteren Jahren wesentlich gemildert, durch die zweite Hälfte seines Lebens begleiten sollte. Wie er im Jahre 1797 einem Freunde klagte, war er schon zehn Jahre lang nicht drei Tage ganz frei von Schmerzen, viele Tage sprachlos und ganze Monate »unfähig gewesen, ohne vor Schmerzen in Ohnmacht zu sinken, den Kopf zu neigen, wie man es thun müsse, wenn man schreiben wolle.« »Das Übel besteht in Stichen und Wühlen, welche jedes Mal nur ein bis zwei Sekunden anhalten, aber Tag und Nacht, nach zwei Minuten ungefähr, wieder zurückkehren, mehr oder weniger heftig, aber zur Zeit ihrer Heftigkeit mit solcher Wut, dass es mir schien, als würde mein ganzes Wesen zermalmt und zerrissen. Ich griff oft, wie ein Mensch, der in ein tiefes Wasser oder in einen Abgrund stürzt, mit Geschrei und Entsetzen nach dem mir nahen Gegenständen, um mich an denselben zu halten, und schnapte nach Luft.« Wir begreifen darnach, wie Westenrieder in einer Abhandlung, welche der Welt, als es ihm etwas besser ging, von dem ausgestandenen Leiden ausführliche Kunde gab, sagen konnte: »Manchen Tag nahm eine unwillkürliche, unbeschreibliche Erbitterung gegen mich selbst und gegen mein armseliges Wesen in einem sichtlichen Grade zu, und ich wollte nicht mehr, dass Jemand in der Welt sich meiner erinnern, sich meiner erbarmen sollte. Ich machte mit eben der Sehnsucht, mit welcher glückliche Menschen der Annäherung ihres geliebten Gegenstandes entgegeneilen, Anstalten für die Annäherung meines Todes.«

Aus seinem Tagebuche lernen wir, wie schmerzlich seine »durch und durch verwundete Seele« in den Tagen, wo er sich gegen den Verkehr mit der Welt ganz abzuschliessen suchte, es doch empfand, dass er allein im Leben stand.

»Ich wünschte (wie seit so langen Jahren so oft), schreibt er schon Ende des Jahres 1790, bei den guten Todten zu seyn. Ich konnte nirgends bleiben, und wiewohl ich ohehin ohne alle Gesellschaft stets allein war, suchte ich doch ausser den Thoren einsame Oerter, wo keines Menschen Fusstritt zu entdecken war, wo kein Gesträuch noch Gras wächst. Ich hatte niemand, dem ich das sagen konnte, und war unaussprechlich elend.«

Dass Westenrieder unter solchen Umständen in den Jahren 1787—99 eine lange Reihe wertvoller Arbeiten ausgeführt hat, ist der beste Beweis für seine nicht zu beugende Willensstärke.

Noch im Jahre 1787 begann er eine für die weitesten Leserkreise bestimmte Publikation, deren zwei erste Bändchen als »Bayrisch historische Kalender oder Jahrbuch der merkwürdigsten bayrischen Begebenheiten alter und neuer Zeit« betitelt waren. Daran schlossen sich von 1790—1815 zwanzig Bändchen unter dem einfachen Titel »Historischer Kalender« (Anfangs »Almanach«). Schon die hübschen Kupfer von Mettenleiter waren geeignet, dieser Sammlung eine freundliche Aufnahme in weiteren Kreisen zu sichern. Dem Inhalt nach unterscheiden sich die beiden ersten Jahrgänge von den späteren nicht allein dadurch, dass sie nur bayerische Dinge behandeln, sondern auch insofern, als in jedem Bändchen ein anderer Gegenstand der Kulturgeschichte in kurzen Überblicken dargestellt wird. Die Jahrgänge 1790 und 1791 enthalten teils Skizzen »aus Deutschlands Staatsgeschichte«, teils »aus der Geschichte deutscher Sitten, Gebräuche und Meinungen.« Von 1792 an beschränkt sich der Verfasser auf eine zusammenhängende, an das Leben der Könige und Kaiser anknüpfende Übersicht der deutschen Geschichte von Konrad I. bis Franz II. In seinem historischen Kalender bewährt Westenrieder vor allem ein seltenes Talent volkstümlicher Darstellung; ausser der Charakteristik von Persönlichkeiten sind ihm kulturgeschichtliche Schilderungen ganz besonders gelungen. Es fehlt dabei auch an Seitenblicken auf die Gegenwart nicht, anfangs im Sinne der Aufklärung, vom Ende des Jahrhunderts an in einer dem Wandel der Zeiten und der eigenen Anschauungen entsprechenden Richtung.

Das Leben Ludwigs des Bayern hat Westenrieder schon 1792 besonders herausgegeben und zwar anonym, wahrscheinlich um desto freier seinen warmen Sympathien für den Kaiser, dem er damals seinen heftigen Kampf gegen die Kurie noch höher als in späterer Zeit anrechnete, Ausdruck geben zu können. Er hat es in seiner kernhaften Weise gethan.

Von grosser Belesenheit, namentlich in der älteren bayerischen und deutschen Geschichte, zeugt der 1798 erschienene stattliche Band »Abriss der bayrischen Geschichte«, »Ein Lehr- und Lesebuch«. Noch grössere Beachtung verdient bis auf den heutigen Tag der gleichzeitig erschienene »Abriss der deutschen Geschichte«, der im Jahre 1807 eine zweite Auflage erlebte. Das Buch besteht grösstenteils aus einem Abdruck aus dem Kalender von 1790 und 1791; einige Bögen aber sind neu hinzugefügt. Wer das Neue mit dem Ursprünglichen vergleicht, wird finden, dass die dazwischen liegenden Jahre an dem Verfasser, welcher um 1790 sowohl der geistigen Bewegung des 18. Jahrhunderts als den Zuständen des engeren Vaterlandes noch unbefangener gegenüberstand, nicht spurlos vorübergegangen waren.

Ich schweige von den gelehrten Abhandlungen, die Westenrieder in den akademischen Schriften zu veröffentlichen fortfuhr, nachdem er als beliebter Festredner die meisten von ihnen schon mündlich vorgetragen hatte.

Von bleibendem Werte sind endlich die von 1788 bis 1817 in zehn Bänden herausgegebenen »Beiträge zur vaterländischen Historie, Geographie, Staatistik und Landwirtschaft sammt einer Übersicht der schönen Literatur.« Wenn Westenrieder selbst dieses Werk als eine Fortsetzung der »Bayrischen Beiträge« und des darauf folgenden »Jahrbuchs« bezeichnet, so darf man nicht unbemerkt lassen, dass der grössere Teil der »Beiträge zur vaterländischen Historie« entweder aus blossem Quellenmaterial oder aus gelehrten Forschungen besteht, Mitteilungen über schöne Litteratur aber, die allerdings beabsichtigt waren, ganz fehlen, während die Kunstgeschichte nur ausnahmsweise berührt wird. Urkunden und andere Quellenstücke, die Westenrieder zum Abdruck brachte, wurden ihm von manchen Seiten zur Verfügung gestellt; ebenso konnte er nicht selten von historischen Aufsätzen, die bei der Akademie einliefen, für seine Publikation Gebrauch machen. Das beste, was er selbst für das gelehrte Sammelwerk geschrieben, sind zeitgemässe Betrachtungen oder Mahnungen, die sich auf wirtschaftliche, soziale, volkspädagogische Fragen bezogen, sowie Erinnerungen zum Andenken verdienter Männer.

In den »Gedanken über die Landeskultur in Bayern« (die jedoch von einem praktischen Landwirt verfasst zu sein scheinen), ferner in seinen Gedanken über die »heutige Bevölkerung der Haupt- und Residenzstadt München« (worin er unter anderen die Frage aufwirft, ob durch Kaffeeschenken, Bierwirte, Juden, Tändler, Galanteriekrämer, Pfuscher, Geldaufbringer, Hausknechte, Zeitvertreiber, Bettler die Bevölkerung erwünschter Weise vermehrt werde), sodann in seinen »Bemerkungen auf einer Reise durch das Landgericht Erding und durch das Landgericht Dachau, sowie in seinen »kurzen Gedanken über den wahren Reichtum von Bayern« und über »den Geldreichtum, die freie Koncurrenz und unbedingte Bevölkerung« (gegen welche er sich nachdrücklich ausspricht), begegnen wir überall ähnlichen Ansichten und Gesinnungen, wie sie seine früheren volkswirtschaftlichen und sozialpolitischen Abhandlungen charakterisieren.

Grösser erscheint uns der wackere Kämpfer, wenn er fortfährt gegen die Sittenlosigkeit auf der einen, und gegen die Volksverdummung auf der anderen Seite die Geissel zu schwingen. Aufsätze wie die, »ob man Bürger und Bauern aufklären soll«, »ob wir bereits so viel gelernt haben, dass wir nichts mehr zu lernen brauchen«; ferner: »man soll nützliche Bücher und gute Sitten veranlassen, wenn man schädliche Bücher und schlechte Sitten verbannen will«, oder endlich: »die Sittlichkeit ist es, nicht die Religion, was jetzt im Verfall ist« — werden immer Ehrendenkmäler des Mannes bleiben, der von sich sagen konnte, dass er für die Aufklärung der Bürger und Bauern zu einer Zeit, wo es ein Wagstück war, für selbe zu reden, »laut geschrieben«. Hier mögen nur ein paar Sätze herausgehoben werden.

»Giebt es wohl einen mathematischeren Beweis, wie herrschend die Dummheit da sein müsse, wo man sich nicht zu Tode schämt, die Dummheit als ein zweckmässiges Mittel menschlicher Glückseligkeit, ja als Grundsatz, an welchem eine Regierung aus Weisheit sich halten sollte, am hellen Tage auf die Bahn zu bringen?« Er nennt es »die heimtückischste, boshafteste und vergiftetste Sprache, deren sich hie und da ein Bösewicht bedient, wenn er unser Zeitalter immer als ein ausserordentliches, von nie erhörten Zerrüttungen, Unordnungen und Gefahren erfülltes Zeitalter darstellen, die Fürsten und Regierungen schüchtern machen und sie gerade auf eine gewaltsame Einführung einer absichtlichen Barbarei in Rücksicht auf alles Denken, und zumal in Rücksicht auf Gelehrsamkeit und Schriftstellerei verleiten will.« Der Forderung, diese neue Aufklärung müsse mit »Stumpf und Stiel ausgerottet und den Buchmachern von löblicher Polizei wegen die Scheere niedergelegt« werden, hält er gegenüber: »Diese neue Aufklärung wird nicht im Verstand und im Reich der Kenntnisse, sondern im Herzen und im Reich der Sinnlichkeit und verkehrter Vorstellungsarten geboren und heisst Unsittlichkeit, Schamlosigkeit, Liederlichkeit, Gesindelei und thätiger Unglaube, nicht des Verstandes (der übrigens freilich verfinstert wird), sondern des Herzens an die Pflichten der Unterthanen, des Beamten, des Gemahls und Vaters, und ist eine grässliche Versunkenheit in den Abgrund aller Arten von abscheulichen und niederträchtigen Handlungen, Schwachheiten, Lastern und Verbrechen. Dies ist unsere sogenannte neue Aufklärung, welche ich nicht selten gerade bei den Leuten beobachtete, welche nie ein Buch !ansehen, sondern welche vielmehr immer über Aufklärung und Bücher lärmen, und welche sich damit für die öffentlichen Ärgernisse, welche sie geben, beschönigen wollen, und auch wirklich beschönigen, dass sie jeden Schriftsteller verhöhnen, verachten und unter verschiedenen Manieren verläumden.«

Indem Westenrieder immer von neuem untersucht, wo das Übel der Gegenwart eigentlich liege, kommt er stets zu dem Resultat, dass die »Nichtaufklärung, dass der Mangel an Verstand und wahrer Aufklärung die allgemeine Quelle alles Übels und Unglücks ist. Ich kann nicht anders, als mit dem schliessen, womit ich (seit der Zeit, da es dessen bedarf) überall anfange, und schliesse: Unwissenheit und Dummheit sind die schädlichsten und am wenigsten zu heilenden Übel des menschlichen Geschlechts. Sie sind jener Müssigang, von welchem die Schrift sagt, dass er aller Laster Anfang ist. Sie führen den Menschen geradezu von dem Vater des Lichts ab (Gott ist der Vater des Lichts) und verunstalten sein Ebenbild. Nie ist die Erinnerung an diese Grundwahrheit nöthiger, als eben izt, gewesen, und nie ist vielleicht die Zahl derjenigen, die sich von derselben zu überzeugen Einsicht und Kraft besitzen, kleiner gewesen, als izt. Ich kenne in der ganzen Weltgeschichte keine Erscheinung, die dieser (unsrer heutigen) ähnlich wäre, oder in welchem Zeitalter, und bey welchem Volk ist der Besiz und Gebrauch der gesunden Vernunft so sehr verfallen, dass man (ohne geradezu ins Narrenspital als unheilbar verwiesen und fleissig bewacht zu werden) ungescheut, wie izt, hätte behaupten dürfen, es sey gefährlich, Vernunft zu haben, die Vernunft anzubauen, zu bilden, die Gedanken, Entdeckungen, Erfahrungen verständiger Leute, welche diese durch Schriften bekannt machen, zu sammeln; sich durch Lectür, Wissenschaft, Verstand, auszuzeichnen? Rohheit der Seele, Müssiggang des Verstandes, blinde, taube Unthätigkeit seyen löblich, rühmlich, und räthlich?«

Es geschah auch nicht ohne Beziehungen auf die düstere Gegenwart, wenn Westenrieder in begeisterten Worten die Verdienste der Männer feierte, welche in den Jugendtagen der Akademie der Wissenschaften, »die Schlachten des Geistes« für die Ehre des bayerischen Namens schlugen. Mit patriotischem Stolz ruft er, in Erinnerung an jene Männer aus: »Wir haben auch die Hoffnungen, die sie sich von uns machten, nicht unerfüllt gelassen und mit einem uns eigentümlichen Enthusiasmus ihre Fussstapfen betreten.« »Unzählbare Freiwillige folgten der Fahne, und der kühne Tritt ihres Ganges und ihr jugendliches kräftiges Aufjauchzen belebte jede Tugend des Vaterlandes. Unser Geist und unsere Phantasie athmete und genoss damals die männlichen, süssen Freuden der Rosenzeit, und unsere vielen Pläne, Entwürfe und Unternehmungen, waren von jener schönen und hohen Begeisterung voll, die man, indem sie das reizendste Eigentum edler Naturen ist, leider nicht täglich fühlt, und wenn sie in ihrer Blüte zerstört worden ist, niemals selbst wieder und auch in Andern durch ganze Geschlechter nicht fühlen wird. Es war die glänzendste und freudigste Epoche unseres Denkens und Thuns, und die Augen aller Deutschen waren bereits mit Bewunderung und Liebe nach uns gerichtet und gewöhnt, uns hochzuachten und nie wieder etwas anderes als was Ruhm und Ehren gebiert von uns zu erwarten. Wir ehren uns demnach selbst, wie ich nicht oft genug sagen kann, indem wir das Andenken unserer vortrefflichen Männer ehren«.

X. Aus Westenrieders Freundeskreise: Andreas Zaupser.

So feiert er Lori, den feurigen Patrioten, der zuerst den kühnen Gedanken gefasst, für die Wissenschaft eine Freistätte zu gründen, so Linbrunn, den edlen und anspruchlosen Gelehrten, in dessen Hause die fünf ersten Genossen sich sammelten, so Sterzinger, welcher so mutig gegen den Hexenwahn kämpfte und das Geschrei derer nicht achtete, »denen damals, wie heute, die abgeschmackte blinde Beschuldigung der Freigeisterei die Stelle der Wiederlegung und die Lücken vernünftiger Gründe ersetzten.«

So kommen ferner Wolter, ein Hofarzt von vielseitiger Bildung und scharfem Verstande, erster Direktor der philosophischen Klasse, Steigenberger, der grundgelehrte Hofbibliothekar, Kollmann, hochverdient um das bayerische Unterrichtswesen in den Jahren seiner Blüte, sowie Heinrich Braun, der trotz aller Schwächen als Reformator der bayerischen Volksschulen und Förderer des Geschmackes an deutscher Litteratur für immer auf die Dankbarkeit der Nachwelt Anspruch hat. Mit besonderer Liebe hat Westenrieder noch an der Wende des Jahrhunderts den 1795 verstorbenen Zaupser, und endlich den früh vollendeten, ihm eng befreundeten Hueter, einen kenntnisreichen und gebildeten, um das Schulwesen sehr verdienten, durch Edelmut und feine Empfindung ausgezeichneten Mann, gefeiert.

FÜNFTES KAPITEL.

Die letzten dreissig Lebensjahre Westenrieders.

NOCH vor Ende des achtzehnten Jahrhunderts (16. Februar 1799) sah Westenrieder sein Vaterland von dem furchtbaren Banne, der auf demselben lastete, durch den Tod Karl Theodors befreit, und war Zeuge des unermesslichen Jubels, womit das Volk den Regierungsantritt Max Josephs, des vielgeliebten letzten Kurfürsten und ersten Königs, begrüsste.

Für Bayern begann eine Zeit durchgreifender Reformen, die eine Revolution bedeuteten. Montgelas, der ehemalige Illuminat, ein Mann von französischer Bildung, ungewöhnlicher Verstandesschärfe und grosser Energie, war die Seele der Regierung, welche, ohne Schonung für die unhaltbar gewordenen Zustände, Staat und Kirche, Volkswirtschaft und Unterricht nach den Forderungen des aufgeklärten Despotismus umzugestalten unternahm. Dabei schien Westenrieder, so weit es sich um Kirche und Schule, um die Presse und die Volksbildung handelte, nach seinem bisherigen schriftstellerischen und praktischen Wirken vorzügliche Dienste leisten zu können. Die neue Regierung kam ihm mit Vertrauen entgegen und berief ihn sogleich zu wichtigen Ämtern. Die bisherige Zensurbehörde, welche sich mehr und mehr als ein Hindernis für eine freiere Regung des geistigen Lebens erwiesen hatte, wurde aufgehoben und Westenrieder zum Direktor einer neugeschaffenen Bücherzensurkommission, der ein liberales und bescheidenes Verfahren anbefohlen wurde, ernannt. Er wurde ferner zum ersten Direktorialrat über das lateinische und deutsche Schulwesen in ganz Bayern und zum ersten Schulkommissär über die gelehrten Schulen Münchens gesetzt. Aber nur zu bald sollte es sich zeigen, wie wenig Westenrieder nach den Anschauungen und Gesinnungen, die er nicht allein im Stillen hegte, sondern auch öffentlich aussprach, zu einem Werkzeuge der Montgelasschen Regierung geeignet war. In dem sechsten Bande seiner Beiträge veröffentlichte er 1800 einen Aufsatz »über die Bayern«, worin er vieles, was die Regierung nicht schnell genug beseitigen zu können meinte, geradezu als Vorzüge seines Vaterlandes pries oder doch mit Schonung einer allmählichen Verbesserung entgegengeführt, statt jäher Vernichtung preis gegeben wissen will. Empört über die geringschätzigen Reden, welche Fremde über Altbayern in Karl Theodors Tagen zu führen sich gewöhnt, wird der leidenschaftliche Patriot aus einem Schutzredner seiner Landsleute zu ihrem einseitigen Lobredner, der sich im Widerspruch nicht allein mit notorischen Thatsachen und mit einstimmigen Zeugnissen anderer glaubwürdiger Beurteiler setzt, sondern auch vergisst, wozu er sich selbst früher laut genug bekannt hatte. Aber ganz abgesehen von dem stolzen Patriotismus, der sich dagegen aufbäumt, dass sein engeres Vaterland nur gerade noch gut genug für revolutionäre Experimente sein soll, musste auch die konservative und tief religiöse Gesinnung, durch Alter und Schicksale und nicht am wenigsten durch den Blick auf die Greuel der französischen Revolution gekräftigt, Westenrieder in unversöhnlichen Gegensatz gegen die jetzt zur Herrschaft kommenden Tendenzen bringen. Er eifert gegen die Vermehrung der Buchhandlungen und die Errichtung von Leihbibliotheken als »höchst bedenkliche Erscheinungen« und möchte, dass Bayern von der anderswo herrschenden Lesewut verschont bliebe. Er will nicht zugeben, dass das Unterrichtswesen in seinem Vaterlande so ganz verkommen wäre, dass man es von Grund aus umgestalten müsste. Mit den Gelehrtenschulen sollte man nur da fortfahren, wo es im Jahre 1780 gestanden; die Volksschule aber findet er in Bayern jetzt schon so gut, wie nur in irgend einem anderen deutschen Lande. Ferner: während die Regierung schon damit umging, die Protestanten nicht länger von der Niederlassung in Bayern auszuschliessen, um Ackerbau, Industrie und Handel mit ihrer Hilfe empor zu bringen, bleibt Westenrieder dabei, es »sei ein hässliches Missverständnis«, dass man verschiedene Religionen begünstigen müsse, wenn man die Bevölkerung und Aufnahme eines Landes begünstigen wolle. Sodann nimmt er altheimische Gebräuche, wie z. B. feierliche Umzüge der Bruderschaften, in Schutz und warnt davor, nicht fromme Bräuche, nicht »alles Herzliche, alles Huld, Trost und Liebe verbreitende« zu verhöhnen und auszumerzen, ehe man etwas Besseres an die Stelle setzen könne. Dass seine Bayern auf ihr Herkommen, alte Einrichtungen und Gebräuche hartnäckig versessen, findet er nicht tadelnswert, vielmehr löblich, oder »besser doch als den Leichtsinn, alles Neue, Auffallende und Schimmernde unverzüglich nachzuahmen, alte Verfassungen umzureissen und Einfällen des Tags zu huldigen«. Auch das mag noch hervorgehoben werden, dass Westenrieder um dieselbe Zeit, als schon die Aufhebung eines Teils der Klöster beschlossen war, gerade in Beziehung auf diese äusserte, wie wenig Verstand dazu gehöre, nur zu höhnen und zu verachten und nichts als Zerstörung anzuraten.

Schon im Jahre 1802, als die Regierung anfing, sich ein weitgehendes Recht auch in kirchlichen wie in kirchlich politischen Dingen beizulegen, Prozessionen, Bittgänge, abergläubische Andachten einzuschränken, und von den Geistlichen zu verlangen, dass sie unter Vermeidung alles dessen, was den Aberglauben fördern könnte, ihren Beruf »nicht auf den eigentlichen Opfer- und Altardienst oder die Beachtung äusserlicher Gebräuche beschränken, sondern ihn vielmehr auf alle vernünftigen Forderungen ihrer Gemeinde ausdehnen« und sich als eigentliche Volkslehrer und Erzieher betrachten, fand man es gut, den bis dahin bestehenden geistlichen Rat aufzuheben und die Geschäfte teils der Generallandesdirektion, teils einer Generalschuldirektion zu übertragen. Westenrieder wurde mit Beihaltung seines Gehaltes quiesziert angeblich, »weil er ohnehin zu viel zu thun«. Am 18. Juli 1803 hörte auch sein Amt als Direktor der Bücherzensur auf, nachdem er noch tags zuvor auf strenge Massregeln gegen die überhandnehmende Verbreitung schlechter Schriften gedrungen hatte. Die kurfürstliche Regierung leugnete den Missbrauch der Presse nicht, aber statt der Zensurkommission erweiterte Vollmacht zu geben, löste sie dieselbe ganz auf und unterstellte den Buchhandel, nebst Leihbibliotheken und Leseinstituten, der Polizeiobrigkeit.

Wenige Wochen später, als mit der Aufhebung der Klöster auch die Beseitigung des Chorstiftes zu U. L. F. in München erfolgte, verlor Westenrieder das Kanonikat, das er drei Jahre zuvor erhalten hatte, nachdem ihm zu diesem Zwecke seine Vaterstadt das Patrizierdiplom verliehen. Aber was wollten Verluste, die ihn persönlich trafen, bedeuten gegenüber dem Unheil, das über Tausende von Mönchen und Nonnen kam? Gegenüber der Schädigung, welche Religion und Sittlichkeit durch die Uebergriffe des Staates in das kirchliche Gebiet, erfuhren? Die Härte und Gewaltsamkeit, womit man bei dem Vollzug der Klosteraufhebung verfuhr, der Spott, der mit kirchlichen Geräten getrieben wurde, der Vandalismus, mit dem man kostbare Kunstwerke verschleuderte oder zerstörte, die Gehässigkeit endlich, womit vielfach diejenigen behandelt wurden, die von »abgewürdigten Feiertagen« oder religiösen Formen, Gebräuchen und Einrichtungen, in denen der fromme Sinn der Väter Ausdruck gefunden, nicht lassen wollten, wie hätte das alles einen Manne wie Westenrieder, nicht in tiefster Seele verwunden sollen?

Auch die Umwandlung, die mit seiner teuren Vaterstadt München in baulicher Beziehung vor sich ging, als die kirchlich und klösterlich gefärbte kurfürstliche Residenz sich in die Hauptstadt des werdenden Königreichs verwandelte, nicht ohne dass altehrwürdige Kapellen gleich Mauern und Türmen niedergebrochen, Klöster und Kirchen aber für profane Zwecke hergerichtet wurden, konnte nicht nach seinem Sinn sein. Selbst die territoriale Vergrösserung und Abrundung, die Bayern durch den Erwerb so vieler angrenzender Gebiete zu teil wurde, vermochte Westenrieder mit dem Montgelasschen Regime nicht zu versöhnen. Er musste es vielmehr schmerzlich empfinden, dass der Charakter seiner Landsleute, an denen er, nicht am wenigsten, wiederholt gepriesen, dass sie alle seit Jahrhunderten eines gleichen und festen Sinnes seien, durch die Erweiterung der alten Grenzen und durch die Mischung und Verschmelzung mit anderen Stammesteilen nicht in seiner Reinheit erhalten werden sollte.

Endlich sollten auch die wohlgemeinten, vom Geiste der Humanität durchdrungenen Reformen auf dem Gebiete des Unterrichts und des wissenschaftlichen Lebens, die mehr als andere Bestrebungen der damaligen Regierung Anerkennung verdienen, Westenrieders Beifall nicht finden. Was half aller Eifer für Volksschulen, Sonntagsschulen, Arbeitsunterricht, Frauenbildung, wenn man die Unterrichtsziele allzuweit steckte, den Kirchenglauben aber durch Morallehre ersetzen wollte? Mit grösserem Recht konnte der alte Pädagoge, der unbeirrt von dem Modewahn nur in den alten Sprachen einen haltbaren Grund wissenschaftlicher Bildung sah, jenen Plänenmachern zürnen, welche das Lehrprogramm der Mittelschulen — ich meine vorzüglich die Studienordnung von 1804, gegen welche das Normativ von 1808 immerhin einen Fortschritt bezeichnet — mit einer so unförmigen Masse der für das Leben angeblich brauchbaren »Realien« ausstatteten,

Westenrieders Grabmal unter den Arkaden des südlichen alten Friedhofes in München.

dass die klassische Bildung darüber zu grunde gehen musste. Der letzte Stein des Anstosses aber war für ihn, dass in den Jahren 1807 und 1808 auch die Akademie der Wissenschaften, mit der er so ganz verwachsen war, völlig umgestaltet wurde und durch Berufung fremder Gelehrten ihren altbayerischen Charakter verlor. Nicht als ob er dabei persönlich eine Zurücksetzung erfahren hätte; er wurde vielmehr zum Direktor der historischen Klasse ernannt, und war, wie er selbst sagte, »wider alle Erwartung« unter den wenigen auserlesenen Akademikern, welche im Mai 1808 den von König Maximilian Joseph neu gestifteten Zivilverdienstorden der bayerischen Krone erhielten. Auch konnte er selbst nicht verkennen, dass die höchste wissenschaftliche Anstalt des Staates, früher der Stolz Bayerns, in Karl Theodors Tagen tief herabgekommen war; er hatte dies in dem 1807 endlich erschienenen zweiten Bande der Akademie bei aller Zurückhaltung nicht zu verhehlen vermocht; aber es verletzte sein patriotisches Herz und zugleich seine katholische Gesinnung, dass an die neu organisierte Akademie eine Reihe von »Ausländern« und Protestanten berufen wurden, wenn es gleich Namen von bestem Klange waren.

Die Zeit war nicht mehr, wo er dem protestantischen Deutschland einen Vorsprung im litterarischen und wissenschaftlichen Leben zugestand. Vielmehr war von dort, wie er im zweiten Bande seiner Geschichte der Akademie, als er schon gegen die weiteren Entwickelungen der deutschen Litteratur sich zu verschliessen angefangen, überzeugungsvoll lehrte, seit den achtziger Jahren des vorigen Jahrhunderts der Verfall der gelehrten wie der schönen Litteratur und vor allem jene »die Köpfe bis zur Verrücktheit verwirrende« Philosophie Kants, der er nicht arges genug nachzusagen wusste, ausgegangen. So trat er denn den aus Norddeutschland berufenen Protestanten, zu denen sich nach damaliger Gepflogenheit auch geborene Württemberger zählen lassen mussten, noch kälter und ablehnender, als er sich sonst schon der Aussenwelt gegenüber verhielt, entgegen. Ja, er entging in den folgenden Jahren, als in München gegen die »Norddeutschen« eine alles Mass überschreitende Agitation ausbrach, dem Lose nicht, als der Parteigänger von Menschen zu erscheinen, die nach Bildung und Gesittung tief unter ihm standen. Nun war es aber seine Art nicht, den Unmut, den er in sich trug, scheu zu verbergen, sondern er wagte es im Jahre 1811 in dem neunten Bande seiner »Beiträge« (dem ersten der »neuen Beiträge«), allem, was er gegen die Berufenen wie gegen die Neuerer, für deren Exzesse jene mit verantwortlich gemacht wurden, auf dem Herzen hatte, ungeschminkten Ausdruck zu geben.

Das Vaterland, so sagt er im Vorwort unter anderem, bedrohe gegenwärtig eine Gefahr, »fürchterlicher als selbst Feinde von Aussen, als Mangel und Seuchen, als Feuer und Fluten, — das gegenwärtige Gemisch,

XI. Aus Westenrieders Freundeskreise: Roman Zirngibl.

meyne ich, von Ansichten und Grundsätzen, vom Aufrichten und Niederreissen, von Ordnung und Gewühl, vom Ueberzeugen und Beschwatzen, von Lachen und Grinzen, so dass, wer Augen hat, in einem heftigen Kampfe und Gedränge erblickt die Trugschlüsse der Zeit mit Ueberzeugungen der gesunden Beurteilungskraft, die Heftigkeit mit der Halsstarrigkeit, leichtsinnige Einbildungen mit gegründeter Selbsterkenntniss, weise Schnelligkeit mit blindzufahrenden Uebereilungen, Aufbrausereyen und Frechheiten, mit kühner Entschlossenheit, und (um alles zu sagen) die aufgereizte Thorheit mit der herausgeforderten Weisheit. Dieser Kampf kann vermöge der Natur der Dinge und Eigenschaften, welche sich gegenüberstehen, durch keine gütliche Uebereinkunft geschlichtet, kann durch keinen Vertrag, bey dem beyden Theilen Vortheile verbleiben könnten, beygelegt; er kann nur dadurch, dass Ein Theil obsiegt, entschieden werden.«

In einem der Aufsätze dieses Bandes aber nimmt er nicht allein seine Landsleute, auch die Münchner, die dem ersten Protestanten das Bürgerrecht hatten verweigern wollen, gegen den Vorwurf der Intoleranz in Schutz, sondern er meint auch, es sei vielleicht jetzt nur noch zu wünschen, dass auch die katholische Religion nach Gebühr in Ehren gehalten werde. In einem anderen Artikel spricht er nicht allein gegen die (von der Regierung begünstigte) Vermehrung der Buchhandlungen, gegen die Bücherfabrikation, die Leih- und Lesebibliotheken, die »sogar das unterste Gesinde liest«, sondern er giesst auch seinen Spott aus über »die ewige Aenderung und Verzerrung der Schuleinrichtungen«, sowie über die zu hoch gesteckten Unterrichtsziele. Endlich rügt er, abgesehen von einem unkollegialischen Ausfall auf den Akademiker Breyer, »die fürchterliche Fadheit und Charakterlosigkeit so vieler der heutigen Gelehrten, die kein Vaterland haben, die alles sind, was man will, und um Geld überall, wo und wohin man sie haben will, zu miethen sind«, die ferner nur auf »Renomeesucherei, auf eine unbeschreibliche Hätschelei ihres werthen Selbst und auf ewige Geniesserey ausgehen, alle Wochen ein paar Lustparthien machen, einigen Dinés und Soupés beiwohnen, Spektakel, Concerte etc. besuchen, überall verlangen, dass man ihren Scharfsinn, ihre Gelehrsamkeit und ihr ganzes Thun bewundere und ihnen etwas Schmeichelhaftes sagen soll, dann alle Jahre eine Lustreise ausser Landes machen, und sich allenthalben veneriren lassen« u. s. w. Wer hiermit gemeint war, wusste in München jedermann. Mochten aber auch einzelne der Männer, gegen welche diese Pfeile gerichtet waren, wegen Mangel an Schonung, Bescheidenheit und Selbstlosigkeit Tadel verdienen, so waren doch so leidenschaftliche und in ihrer Allgemeinheit so ungerechte Anklagen eines Westenrieders nicht würdig. Oder waren Männer, wie Feuerbach, Schelling, Niethammer, Thiersch, Jacobs, Schlichtegroll und wie sie alle heissen, wirklich unter die vaterlandslosen Mietlinge zu zählen?

Der Band war schon gedruckt und das eine und andere Exemplar im Umlauf gekommen, als die Polizeibehörde einschritt und Westenrieder veranlasst wurde, die Vorrede, welche besonders der König, weil sie einer »Aufhetzerei gleich sehe«, übel genommen, so wie die anstössige Stellen enthaltenden Artikel durch anderes zu ersetzen.

Obwohl der Verfasser im Hinblick auf die Erlebnisse des Jahres 1811 noch fünf Jahre später erklärte, dass ihm auf immer jener Mut benommen sei, der dazu gehöre, wenn man etwas Würdiges schreiben wolle, so verzichtete er doch keineswegs auf jede weitere litterarische Thätigkeit. Zwar seinen historischen Kalender schloss er im Jahre 1815 mit dem zwanzigsten Bändchen ab, aber im nächsten Jahre veröffentlichte er, als eine Frucht mühevoller Forschungen, sein deutsch-lateinisches Glossarium mittelalterlicher Ausdrücke, und ein Jahr später erschien noch ein neuer Band seiner »Beiträge«, bemerkenswert vor allem durch die hundert Sätze »über höchst wichtige Gegenstände aus der gesunden Vernunft und Er-

fahrung«. Es sind Sprüche, in denen er noch einmal rückhaltlos seine durch Nachdenken und Erfahrungen gewonnenen Ansichten und Grundsätze über Religion, Unterricht, Erziehung, sowie über soziale und wirtschaftliche Dinge ausspricht.

Im Jahre 1820 veröffentlichte er noch ein »Handbuch der bayrischen Geschichte«. Es fällt auf, dass er darin, ohne das schlimme Verderbnis der Kirche gegen Ausgang des Mit-

Denkmal Westenrieders
auf dem Promenadeplatz in München.

telalters zu leugnen, Luther nur deshalb gegen den Ablass
handelnd auftreten lässt, weil er auf das Amt, das Tetzel
übertragen wurde, gehofft hätte; ferner, dass er zwar die
reformatorische Thätigkeit Max Joseph III. und die
Bestrebungen der jungen Akademie noch einmal lobend
bespricht, aber mit Bedauern der Aufhebung des Jesuitenordens gedenkt und, nachdem er wiederholt die Charakter-
eigenschaften seiner Landsleute gepriesen, die Bemerkung
macht, dass, wenn seit einigen Jahren eine Sittenlosigkeit
nie gesehener Art zum Vorschein gekommen sein sollte,
dies wahrlich nicht die Schuld der Bayern sein würde. Und
endlich: während er noch im Jahre 1815 sich sagen musste,
dass das allgemeine Urteil des Zeitalters seinen Ansichten
entgegen sei, dass aber in wenigen Jahren, wenn er nicht
mehr hier sein und andere die Feder führen würden, die
Entscheidung für ihn ausfallen werde, kann er am Schlusse
des Handbuchs der bayerischen Geschichte mit Befriedigung sagen: »Vieles, was hätte stehen bleiben sollen,
fiel im Sturm, Vieles wurde im Zeittaumel gethan, was
jetzt keiner der Irrgeführten, die es vor unsern Augen
gethan haben, gethan haben will. Das eigne Bewusst-
sein, die Ruhe des Geistes und die Ueberlegung kommen
allmählich wieder zurück, und der schlimme Staub ver-
liert sich, der vielen Tausenden in die Augen gestreut
ward.«

Montgelas und sein System war gefallen, das Kon-
kordat mit Rom geschlossen, die Wiederherstellung der
vormaligen Bistümer mit ihren Kapiteln in der Vorbe-
reitung begriffen. Unter den zwölf Domkapitularen für
den im Jahre 1821 neu eingesetzten Erzbischof von
München-Freising war auch Westenrieder. Bald
wurde er zum Scholaster und Historiographen des Metro-
politankapitels und zum geistlichen Rate ernannt; ihm
fiel die Abfassung der Statuten des Kapitels zu; vor
allem aber machte er sich um die neue Einrichtung des
erzbischöflichen Diözesanseminars in Freising und durch
seine Fürsorge für eine bessere religiöse und sittliche
Bildung der Jugend überhaupt verdient.

Auch die schriftstellerische Thätigkeit des Greises ruhte nicht ganz. Er gab im Jahre 1824 noch einen Band »historischer Schriften« nach Art der »Beiträge« heraus, worin er u. a. dem ihm im Leben lange befreundeten Historiker Zirngibl eine Denkschrift widmete, »zweihundert historische Aufgaben« aufstellte und »Erinnerungen über das Geschichtschreiben« niederlegte.

Daran schloss sich noch in demselben Jahre ein Bändchen »hundert Sonderbarkeiten oder das neue München im Jahre 1850« und drei Jahre später ein zweites Bändchen unter dem etwas veränderten Titel: Das neue München und Bayern im Jahre 1850.

Es kann nach dem früher Erzählten nicht überraschen, wenn Westenrieder in seinen letzten Schriften dem Klosterleben auf grund des Konkordats von neuem eine weite Ausbreitung wünscht und auch das Institut des Jesuitenordens wieder eingeführt sehen möchte. Indem er aber dabei an eine »schlechtweg bayerische Anstalt ohne irgend eine andere Verbindung« denkt, knüpft er an die Idee einer grossen nationalen Erziehungsanstalt an, die ihn schon in früheren Jahren beschäftigt hatte. Auch wenn er auf dem Gebiete des sozialen Lebens Einrichtungen begehrt, worüber wir lächeln, wie z. B. eine schon durch die Kleidung erkennbare Scheidung der Stände, so lagen auch diesen »Sonderbarkeiten« Gedanken zu grunde, denen man schon in den Schriften aus seinen besten Jahren begegnet. Dass er daran, der unaufhaltsam fortschreitenden Zeit zum Trotz, bis an sein Ende festhielt, gehört eben auch zu den Eigentümlichkeiten des auf seine Unabhängigkeit stolzen Charakters. Wie wir aber auch über das eine und andere der Heilmittel, die Westenrieder gegen die sittlichen und sozialen Schäden des Zeitalters in Anwendung gebracht sehen will, urteilen mögen, immer wird man mit Verehrung auf einen Mann blicken, der, unbekümmert um Lob oder Tadel der Menge, ernsten und festen Sinnes bis in sein höchstes Alter nur das Beste seines Volkes im Auge hatte.

Westenrieder hatte das 80. Lebensjahr erreicht, als er die Zahl seiner Bücher, die nach Bänden gerechnet, gegen hundert betrug, noch um eine Schrift, welche er »hundert Sonderbarkeiten« betiteln wollte, zu vermehren gedachte. Wunderbar genug, dass der von früh auf so schwächliche und viele Jahre von heftigen Schmerzen heimgesuchte Mann sich weit über die den Sterblichen regelmässig gesetzten Grenzen hinaus, eine seltene Rüstigkeit bewahrte. Er verdankte dies ohne Zweifel vornehmlich seiner mässigen und zurückgezogenen Lebensweise, so wie der sorgfältigen Pflege, die er in späteren Jahren seinem Körper zu teil werden liess. Nicht allein, dass er regelmässiger als früher, sich Bewegung im Freien machte, sondern er vergönnte sich auch von 1805 an, alljährlich den Gebrauch des Gasteiner Bades. Aus den Jahren 1810—1816 hat er »Aus und über Gastein« kostbare Briefe veröffentlicht, die von dem geistigen und körperlichen Behagen zeugen, das er den dortigen Heilquellen und dem Genuss einer grossartig schönen Natur verdankte. »Was mich betrifft, liebster Freund«, so schreibt er am 16. August 1816, »so komme ich gesund und gestärkt zurück. Und wenn ich nur gesund, und nur etwas frey von heftigen Schmerzen bin, so bin ich glücklich. Und endlich! Die ganze Welt ist schön und gut für einen Mann, für den die Blumen duften, die Bäche rieseln, die Wolken sich röten. Vale!« -- So war es ihm auch im Juli 1828, als er zum letzten Mal aus dem Bade heimkehrte, leicht, die 72 Stufen, die zu seiner Wohnung hinauf führten, zu steigen »mit gasteinischen Füssen«, wie er scherzt, »und mit einem ziemlich geminderten Geldbeutel«.

Das Jahr hindurch sah man noch häufig den ehrwürdigen Greis »im langen braunen Rocke, den dreieckigen Hut auf dem Kopfe, das silberbeschlagene Rohr in der Hand, durch die Strassen seiner Vaterstadt dahin wandeln«; dann hatte er, während er zu hause den wenigen, die ihn in seiner Einsiedelei aufsuchten, mürrisch, ja rauh zu begegnen pflegte, herzliche Worte für die Kleinen, welche ihm vertrauensvoll ihre Hände entgegenstreckten.

Der alte Westenrieder.

Im Februar 1829 erkrankte Westenrieder lebensgefährlich und traf auf dem Sterbelager mit der Ruhe eines Weisen die letztwilligen Anordnungen. Das bedeutende Vermögen, das er von seinen einträglichen Ämtern sich erspart — es waren mehr als 40,000 Gulden — hatte er schon längst für wohlthätige Zwecke bestimmt; nun liess er vor seinen Augen auch seine Bücher, Gemälde und Kupferstiche, die er der Bibliothek des Domkapitels vermacht, hinaustragen und übergab einem Vertrauten seine Briefe und andere Papiere. Am 15. März 1829 verschied er; drei Tage später wurde er unter grossen Feierlichkeiten und allgemeiner Teilnahme zu Grabe getragen. Die Akademie der Wissenschaften, der er 52 Jahre angehört hatte, feierte sein Andenken in öffentlicher Sitzung durch eine glänzende Lobrede aus dem Munde

Schellings. Einige Jahre später erhob sich über seiner Asche ein stattliches Grabmonument; im Jahre 1854 wurde ihm auf dem Promenadeplatz in München ein chernes Standbild errichtet.

Westenrieder hatte die Ehren, die ihm die Nachwelt erwies, wohl verdient, denn kein Bayer hätte mit grösserem Recht von sich sagen dürfen, dass er nie aufgehört, seinen Landsleuten »thätige Beweise« zu geben, dass das einzige Glück, der Stolz und die Beseligung seines Lebens darin bestehe, sich ihres lohnenden Andenkens würdig zu erhalten.

XII. Westenrieders Bildnis aus dem Jahre 1803.

Litterarische Notiz.

Die wichtigste Quelle für Westenrieders Lebensgeschichte sind seine zahlreichen Schriften. Eine befriedigende Gesamtausgabe giebt es davon nicht, da die zu Kempten (1831—1838) veranstaltete unvollständig ist. Ich habe die wichtigeren Werke in den Originalausgaben benützt. — Eine Anzahl von Briefen hat Maurus Gandershofer seinen auf sicherer Kunde beruhenden »Erinnerungen an Lorenz von Westenrieder« (München, 1830) angehängt. Dass dieser, obwohl er den grösseren Teil des handschriftlichen Nachlasses des verstorbenen Freundes vor sich hatte, nicht mehr und besseres geboten, ist um so mehr zu beklagen, als die Papiere, welche Gandershofer benützen konnte, vielleicht nie mehr zum Vorschein kommen werden. Ich habe mich wenigstens vergebens bemüht, denselben auf die Spur zu kommen. Dagegen war es mir vergönnt, andere Briefe, Denkwürdigkeiten und Tagebücher Westenrieders, welche sich im Original resp. Konzept auf der k. Hof- und Staatsbibliothek zu München befinden, in dem 16. Bande der Abhandlungen der k. bayer. Akademie der Wissenschaften 1881 und 1882 in 2 Abteilungen unter dem Titel: »Aus dem handschriftlichen Nachlasse L. Westenrieders« herauszugeben. Im übrigen bietet die Litteratur über Westenrieder dem Biographen eben nicht viel. Die akademische Rede Schellings aus dem Jahre 1829 konnte, so vorzüglich sie auch nach Form und Inhalt ist, nur eine Skizze geben, die mehr die Persönlichkeit als den Lebensgang Westenrieders betrifft. — Auf eine allerdings meisterhafte Charakteristik beschränkt sich auch die »Lobschrift« in der »Sammlung etlicher Vorträge des Präsidenten von Roth in öffentlichen Sitzungen der k. Akademie der Wissenschaften, München, 1851.« — Drei Jahre später, unmittelbar vor der Enthüllung des Standbildes, veröffentlichte der damalige Studienlehrer J. M. Schöberl in dem Programm des k. Wilhelmsgymnasiums zu München (1854) eine »Erinnerung an Lorenz von Westenrieder«, die von einem fleissigen Studium der nicht eigentlich historischen Werke des Schriftstellers zeugt und mit grosser Wärme geschrieben ist. — Ich konnte an ein paar Stellen auch von Akten des Oberbayerischen Kreisarchivs zu München Gebrauch machen. Andres habe ich Aufsätzen entnommen, die ich unter Benützung handschriftlicher Quellen in der »Allgemeinen Zeitung« (Augsburg) 1874 über »die Illuminaten und die Aufklärung in Bayern unter Karl Theodor« (in 7 Artikeln), 1875 über »Bayern unter dem Ministerium Montgelas« (in 8 Nummern) und 1883 über Westenrieder selbst (in 2 Nummern) veröffentlicht habe. Auch meine akademische Schrift »Der Freiherr von Ickstatt und das Unterrichtswesen in Bayern unter dem Kurfürsten Maximilian III Joseph« (München 1869) ist nicht unbenützt geblieben. — In meiner Darstellung auf die benützten Quellen und Hilfsmittel zu verweisen, glaubte ich schon mit Rücksicht auf die Enge des mir zugemessenen Raumes unterlassen zu dürfen.

Verzeichnis der Abbildungen.

1. Anfangsvignette: München im Jahre 1761. (Mit Benutzung eines Kupferstiches in der Maillingersammlung zu München, bezeichnet: Bernardus Belloti de Canaletto pr. 1761. — Jungwirth sc. et exc. Mon. 1766). S. 1.
2. Aus Westenrieders Freundeskreise: Franz Xaver Hueter. (Nach dem Schattenrisse im sechsten Bande der Beyträge zur vaterländischen Historie etc. München 1800. S. 425.) S. 15.
3. Medaille auf Westenrieder 1786. Im Auftrage des Verlegers Joh. Baptist Strobl von dem Kurfürstlichen Medailleur Scheufele angefertigt. (K. Münzkabinett in München.) S. 52.
4. Westenrieders Wohn- und Sterbehaus (Sabbadinihaus) in der Kaufingergasse in München. (Naturaufnahme; das jetzt umgebaute Erdgeschoss ist nach dem Kupferstiche von Bollinger in Anton Baumgartners Polizeiübersicht von München (1805) ergänzt). S. 58.
5. Westenrieders Grabmal unter den Arkaden des südlichen alten Friedhofes in München. (Naturaufnahme.) S. 79.
6. Denkmal Westenrieders auf dem Promenadeplatz in München. (Naturaufnahme.) — Das Standbild, nach dem Entwurfe des Bildhauers Max Widnmann, im Jahre 1854 errichtet, trägt folgende Inschrift: Vorderseite: Lorenz von Westenrieder geheimer geistlicher Rath geboren in München am 1. August MDCCXLVIII. Gestorben daselbst am XV. Maerz MDCCCXXIX. — Rückseite: Die Bayern ihrem Geschichtschreiber. S. 83.

7. Der alte Westenrieder. (Nach dem Leben gezeichnet von Franz Pocci. Vgl. Deutsches Hausbuch, herausgegeben von Guido Görres. Jahrgang 1847. S. 86.) S. 87.
8. Vollbild I.: Westenrieders Bildnis. (Brustbild nach dem Leben auf Stein gezeichnet von L. v. Montmorillon, im Besitze der Maillingersammlung.) — Die Namensunterschrift ist einem Aktenstücke des k. b. allgemeinen Reichsarchives entnommen.
9. Vollbild II: Geburtshaus Westenrieders in München (Naturaufnahme). — Das Haus befindet sich in der jetzigen Westenriedergasse Nr. 16, früher genannt »hinter den Mauern am Rädelsteg« (vgl. den »Plan der Haupt- und Residenzstadt München 1806.« Herausgegeben von der k. b. Direktion des topogr. Bureau), und trägt eine Gedenktafel folgenden Inhaltes: »In diesem Hause wurde Bayerns Geschichtschreiber Lorenz Westenrieder am 1. August 1748 geboren.«
10. Vollbild III.: Aus Westenrieders Freundeskreise: Heinrich Braun. (Brustbild, J. L. Haid. sculp. A. V. 1778 im k. Kupferstichkabinett in München.)
11. Vollbild IV.: Aus Westenrieders Freundeskreise: Anton Bucher. (Brustbild gemalt von Johann Georg Edlinger, gestochen von F. John. K. Kupferstichkabinett in München.)
12. Vollbild V.: Aus Westenrieders Freundeskreise: Johann Georg von Lori. (Brustbild gem. v. J. G. Edlinger, gest. von J. A. Zimmermann. K. Kupferstichkabinett in München.)
13. Vollbild VI.: Aus Westenrieders Freundeskreise: Ildephons Kennedy. (Originalaufnahme nach einem im Sitzungssaale der k. b. Akademie der Wissenschaften in München befindlichen Ölgemälde.)
14. Vollbild VII.: Aus Westenrieders Freundeskreise: Peter von Osterwald. (Brustbild gem. von Ch. Desmarées, gest. von J. A. Zimmermann. K. Kupferstichkabinett in München.)
15. Vollbild VIII.: Aus Westenrieders Freundeskreise: Gerhoh Steigenberger. (Originalaufnahme nach einem im Sitzungssaale der k. b. Akademie der Wissenschaften in München befindlichen Ölgemälde.)

16. Vollbild IX.: Aus Westenrieders Freundeskreise: Ferdinand Sterzinger. (Brustbild gem. von F. J. Oefele, gest. von J. A. Zimmermann. Maillingersammlung.)
17. Vollbild X.: Aus Westenrieders Freundeskreise: Andreas Zaupser. (Brustbild gem. von J. G. Edlinger, gest. von F. John. Maillingersammlung.)
18. Vollbild XI.: Aus Westenrieders Freundeskreise: Roman Zirngibl. (Originalaufnahme nach einem im Sitzungssaale der k. b. Akademie der Wissenschaften in München befindlichen Ölgemälde.)
19. Vollbild XII.: Westenrieders Bildnis aus dem Jahre 1803. (Brustbild in Oval gemalt von Kellerhoven, gest. von Meno Haas 1803. Maillingersammlung.)